6

八男？別鬧了！

Y.A

Kadokawa Fantastic Novels

彩頁、內文插圖／藤ちょこ

CONTENTS

八男？別鬧了！⑥

小領主混合領域
布雷希柏格
利庫大山脈
鮑麥斯特騎士領地
鮑麥斯特準男爵領地
鮑爾柏格
冒險者用村落
魔之森
南海岸
南方諸島群

第一話 名為「暴風」的少女

「哎呀？威德林先生，你怎麼了嗎？」

「（看來被麻煩的女人纏上了……）」

我以其他人聽不見的聲音嘟囔道。

正如同艾莉絲即時的判斷，這位名叫卡特琳娜．琳達．馮．威格爾的少女，應該是個沒落貴族。

雖然貴族大小姐不是不可能成為冒險者，實際上也有像薇爾瑪這樣的例子，但正常的貴族平時並不會穿披風。

這明顯是為了引人注目，至於吸引別人目光的理由，應該是希望能藉由成名來復興家門。不過那件披風不僅是特製品，品質也遠比王國賞賜的要好。既然和紅色皮革洋裝一樣使用了龍的胎毛，對魔法的防禦力應該也很高。

然後這種人不知為何，經常敵視突然崛起的貴族。

與其說是對和自己立場相似的人產生接近同類相斥的感情，不如說是容易將這些人視為競爭對手。

雖然眼神有點咄咄逼人，但她不僅是個美少女，胸部也只比艾莉絲小一點。如果只看外表，身材姣好的她是會讓人非常想親近的類型。

「（在各方面都讓人遺憾呢。）」

就在我這麼想時，伊娜、露易絲和薇爾瑪都用手肘頂了我一下。

「唔！」

就連艾莉絲也露出若有深意的笑容。

我在心裡想著這不過是一般男性都會有的感想，同時向卡特琳娜搭話：

「那麼，妳找我有什麼事？」

「雖然威德林先生曾經討伐過兩頭龍，但以冒險者來說還是個生手。」

「喔……」

這我自己也很清楚，不過為什麼要特地指出這一點？

就在我感到納悶時，艾爾小聲告訴我對方的意圖。

「（她想說的是就算狩獵地點換成這裡，她還是比你厲害。）」

既然是冒險者，那大可自己靠狩獵累積實績，為什麼卡特琳娜要對我擺出這種挑釁般的態度呢？

感覺這只是在浪費勞力與時間。

「（這種人很多呢……）」

露易絲也如此對我低喃道，我的確聽說過冒險者裡有很多這種人。

畢竟這個業界原本就有許多老江湖，而且不論好壞都會受到世間的評定，所以與其說會有一定數量的人莫名在意別人的看法，不如說那些人只要不時常確認自己的實力和立場就會感到不安。

「（她對身為貴族的威爾，應該也有些想法吧……）」

「（呃，就算妳這麼說……）」

雖然有志氣是件好事，但這和我一點關係也沒有。

無法捨棄貴族之名，拚命想取回失去之物的卡特琳娜，身為魔法師的實力看起來也很高強。

不過因為她是女性，所以無法成為貴族。

在王國只有王族或大貴族的母親或女兒，偶爾有機會當一代的貴族，但這個一身不協調優雅打扮的少女，當然不可能獲得這種待遇。

儘管我不想說因為是這種社會所以無可奈何，但要是將對這個社會的不滿發洩在我身上，也只會讓我感到困擾。

「（雖然我大概知道她想對我說什麼……）」

明明我和她同樣天生具備魔法的才能，但只有我成為貴族。

若是領地狹小的貴族，或許會因為看上卡特琳娜賺的錢而迎娶她，但一度淪為平民的她，無法成為正妻。

而且這樣就必須捨棄原本的姓氏，卡特琳娜不可能接受這種結果。

要是她的這股怨恨因為看見我而爆發，那對我來說根本是無妄之災。

「我在聽說這個獵場的傳聞後，就從西部來到這裡了。一旦我開始展開活動，可能會讓一些人變得可憐。」

因為自己太會賺，或許會害其他冒險者賺到的錢變少，所以事先向可能成為這種人的對象道歉……

原來如此，在覺得她真有自信的同時……我也納悶起她為何要對我說這種話。

「（威爾，這女的看起來很麻煩。）」

「（真巧，我也這麼覺得。）」

雖然我覺得艾爾的意見應該和我一致，但保險起見還是先確認了一下。

伊娜等人的表情也像是在說遇見不得了的傢伙。

一直觀察卡特琳娜也不是辦法，因此我試著回話。

我好歹是伯爵，所以也有面子要顧……不對，其實我只覺得麻煩而已。

「不用擔心，這座魔之森非常遼闊。」

如果是其他範圍狹小，或是魔物數量已經變少的場所也就算了，這座魔之森和其他領域明顯不同。暫時不可能發生獵物數量銳減的狀況。

「而且不管誰打到多少獵物或賺了多少錢，都無所謂吧？」

冒險者公會並沒有類似等級制度的東西。

無論誰賺了多少或是繳了多少錢給公會，都不會被公開。

有錢的冒險者，很容易被盯上這點的怪人纏上。

要是他們因為嫌擺脫這些人很麻煩，而減少上繳給公會的錢就不妙了，因此公會完全不會公開這方面的訊息。不過優秀的冒險者自然會蔚為話題變得有名。

在這樣的背景下，對冒險者而言，重要的不是賺得比別人多，而是自己能賺多少。

我完全不打算和她競爭。

「只要彼此加油並各自取得成果。這樣就行了吧。」

「哎呀，你真是有自信。」

話雖如此，人天生就是會想和別人比較。卡特琳娜這方面的感情似乎特別強烈，而且感覺她尤其不想輸給我。

「說有自信也不太對，我只是單純潛入領域進行狩獵和採集而已。」

「哎呀，看來屠龍英雄是個擅長模範解答的優等生呢。」

「我說妳啊……」

艾爾忍不住反駁，但卡特琳娜看也不看艾爾直接說道：

「你的跟班還挺吵的呢。」

「唔！」

卡特琳娜突如其來的辱罵，讓艾爾差點直接撲向她，但最後還是被伊娜和露易絲攔了下來。

「突然跑來向人搭話還侮辱別人的夥伴，妳腦袋沒問題嗎？」

「自以為是山大王的你，才令人羨慕至極呢。」

雖然兩邊的對話一直沒有交集，但我逐漸摸清楚她的目的。

她一定是想藉由和我一決勝負，來證明自己比較厲害。

然後只要讓世間知道身為女性的她，是比我優秀的冒險者，或許就有機會取得復興家門的契機。

簡單來講，就是想要成名並向世間宣傳自己。

她就是為了這個目的，才刻意挑釁我。

「妳也真是拐彎抹角。只要和妳比試就行了吧？不過……」

「嗯。即使和你在草原較量魔法，也賺不了任何錢。」

看來她還有這點程度的智慧。

在這塊大陸上，魔法師的數量極度不足。因此要是魔法師之間以實戰形式進行決鬥，別說是換來政府的冷笑，甚至還有可能被處罰。

「就來比誰一天獵到的獵物能賣比較多錢吧。」

「以冒險者來說，這應該是最妥當的比賽方式了。」

畢竟還得考慮即使魔法師們在沒人的地方用魔法互相攻擊，也只會平白浪費魔力這個極為合理的要素。

「那麼時限就訂在日落之前吧，要是魔力耗盡，也可以提早結束狩獵。」

「這應該不是魔力比我少的妳需要擔心的事情吧。」

「魔力這種東西，並不是只要多就好。」

儘管她如此挑釁，但從她的自信來看，不難想像她的魔力量應該也不低。

而且對方的冒險者經驗也較為豐富，所以完全不能大意。

「那個……身為負責護衛的人員，我實在無法接受這種事……」

「不過要是艾爾你們也跟來，就會變得不公平吧。」

我好歹也是個貴族，必須堂堂正正接受挑戰。

旁人的眼光，是個非常麻煩的東西。

拜此之賜，注意到騷動的冒險者們逐漸朝這裡聚集，從遠處觀察這裡。卡特琳娜的打扮非常顯眼，所以應該是個名人。

「只要今天一天就好。」

「唔唔……看來要被羅德里希先生罵了……」

從艾爾的角度來看，他似乎無法容忍讓絕對必須妥善保護的我單獨行動。

不過站在我的立場，我也不想被那個女的認為我在逃避。

「既然如此，就交給在下吧！」

就在雙方意見爭執不下時，伴隨著之前也曾聽過的巨大撞擊聲，那個人降臨了。

在墜落聲響起的同時，產生了一道衝擊波，包含卡特琳娜在內的所有女性衣服都被捲起，讓大家被迫用雙手按住大腿避免內褲走光。

「是導師嗎？怎麼會突然來這裡……」

因為沒聽說他今天會來，所以我們都很驚訝。

「突然跑出來的這個人是誰啊？」

「在下是王宮首席魔導師！將擔任這場勝負的裁判！」

「王宮首席魔導師嗎？要是身為新手的鮑麥斯特伯爵大人有什麼萬一，的確會讓人困擾。」

令人意外的是，這個女的即使看見導師也完全沒有動搖。

雖然在王都附近非常有名，但地方上知道導師長相和外表的人意外地少，因此經常有女性或小孩擅自將導師想像成帥氣美男子或俊美中年男子，在看見本人後驚訝到說不出話來。

「這女孩真有膽識！現在要是鮑麥斯特伯爵出了什麼事會很麻煩！所以就由在下來監視，同時保護他的安全吧！」

「嗯，就這麼辦吧。不過這麼一來，勝利者毫無疑問會是我。」

「無論如何，這終究只是為了以防萬一。在下完全不擔心會發生什麼事！那麼，開始決勝負吧！」

「咦？已經要開始了嗎？」

不愧是導師。這個人總是讓其他人配合自己的節奏。

導師一宣告開始，我和卡特琳娜就立刻使用「高速飛翔」，開始移動到魔之森深處。

比起在入口附近等待獵物出現，到沒人進去過的深處應該能找到更多獵物。

考慮到比賽內容，還是進入森林內部專心狩獵魔物比較有效率。

「啊，對了。艾爾你們就去之前的地點採集可可豆吧。」

「我知道了啦……」

「比起勝負，威爾更在意可可豆呢。」

「因為威爾不在，就由我和薇爾瑪來守護大家吧。」

「為了巧克力，可可豆是必須的。」

在飛翔之前，我交代艾爾他們在入口附近採集可可豆。

「威德林大人，今天運氣真是不好呢。」

「只有一天就算了。」

「畢竟那種人只要沒有實際比過一場，就不會放棄……」

不愧是艾莉絲，一眼就看穿了卡特琳娜的個性。

「真是的……明明被艾戴里歐先生拜託要多採一點……」

「這件事就交給我們吧。」

雖然現在也能透過公會跟冒險者們購買可可豆，但由於供不應求，因此不管採集多少都會被買光。

「祝威德林大人平安無事與武運昌隆。」
「交給我吧。」
儘管已經沒落，但我姑且算是被貴族的子孫挑釁，因此艾莉絲也以我將來正妻的身分，說出這時候該說的話。此外，她似乎也發現卡特琳娜讓我有點動怒。
「那我出發了！」
我比卡特琳娜稍微晚一步，用魔法飛到魔之森的深處。

「那麼，來久違地狩獵吧。」
幾分鐘後，我在確認到有許多魔物反應的地點著陸。
只要抬頭往上看，就能發現導師正浮在空中監視我。
不過他似乎因為無事可做而從魔法袋裡拿出便當，一面狼吞虎嚥一面灌下大量的瑪黛茶。
「唔嗯！真虧他能吃下這麼多東西……」
由於光看就覺得不舒服，因此我馬上開始狩獵魔物。
我首先發現一個身高超過兩公尺、類似巨鹿的魔物，然後馬上用壓縮過的「風刃」砍下牠的頭。
「呃，這個魔物是……」
根據向布蘭塔克先生借來的《圖解魔物．產物大全》，這個魔物似乎叫野羚。
我想起在前世看的介紹非洲野生動物的電視節目裡，和這種魔物長得很像的動物經常被獵豹狩獵。

根據《圖解魔物・產物大全》，這個野羚也被其他大型肉食魔物當成食物。

「這座魔之森所有生物的尺寸都有問題。」

我邊嘟囔邊用魔法讓斷頭的野羚浮在空中，直接將脖子朝下開始放血。

因為只要放進魔法袋就能維持新鮮，所以其實沒必要現在這麼做，但重點在於將野羚的血灑在這裡。

這樣那些大型肉食魔物就會循著血的味道過來。

「畢竟劍齒虎很值錢。」

之前在由布蘭塔克先生領軍的調查中獵到的名叫劍齒虎的魔物，在帶去公會後因為無法估價，所以最後舉辦了拍賣會。

得標者是西部的富豪伯爵，那個人似乎將劍齒虎的毛皮擺在家裡的客廳，向客人炫耀。而且那明明是肉食魔物，肉和內臟卻很美味，得標的富豪伯爵在拿去宴客後，還開心地表示這筆交易非常划算。

那不但是只有以前的圖鑑有記載的魔物，還是曾為超一流冒險者的布蘭塔克先生和使用魔鬥流的露易絲，合作獵到的唯一一隻。

雖然那兩人只要有心，應該能獵到更多，但因為當時的主要目的是調查，所以他們只有對付主動靠過來的魔物，這三個月主要都在採集可可豆。

結果冒險者公會貼出了「高價收購劍齒虎」的告示，在那些夢想一夜致富的冒險者中，也因此出現了不少犧牲者。

考慮到劍齒虎龐大的體型，以及遠勝一般人的速度，這也可以說是理所當然。

「不曉得那個女的是用什麼方法狩獵？」

即使是優秀的魔法師，也不見得一定就是優秀的冒險者。

儘管可能性極高，但假設有個擅長火系統魔法的魔法師，用擅長的魔法燒死魔物，因為是足以燒死生命力遠比普通動物強的魔物的火焰，所以魔物當然被燒成黑炭，結果就是賣不了多少錢。

若想留下值錢的部位，就必須在盡可能不造成損傷的情況下殺掉魔物。由於這是基本要求，因此有必要挑比自己弱的動物或魔物當目標。

「那個女的也是這樣做嗎？」

就在我這麼想時，幾隻魔物映入我的眼簾。

「是劍齒虎啊……」

我一共看見四隻。

根據圖鑑的記載，劍齒虎基本上是單獨行動，所以牠們應該是被剛才灑的野羚血吸引過來。

劍齒虎們移動到野羚的血窪，在那裡舔了一下血後，就轉為一齊襲擊我。

圖鑑裡有提到毛量稀少的人類，對牠們來說是量少但易吃的佳餚，換句話說，我是看起來很美味的獵物。

「這景象真嚇人。」

雖然四隻劍齒虎一齊撲向我這個獵物，但牠們的攻擊全都被「魔法障壁」擋了下來。我仰望劍齒虎們張牙舞爪的景象，這次換我發動攻擊。

我奇妙地不覺得害怕。

這也是理所當然，畢竟和導師修行還比較恐怖。

只要跟那個人做過一次實戰形式的戰鬥訓練並被他攻擊過，無論是誰應該都能馬上理解。跟那個人相比，劍齒虎就像貓一樣。

「那麼，該開始狩獵牠們了。」

這種情況，重點在於要盡可能避免傷害獵物。

因此我沒有使用能切割對手的「風刃」，而是施展小時候經常在狩獵時使用、能夠將箭矢射出的魔法改良版。

我用魔法壓縮周圍的樹枝，削尖前端做成箭矢，接著從後方瞄準所有生物的要害——延髓。

獵物明明只顧著想吃我，但一開始還是躲過來自後方的箭矢，或是即使被刺中也沒傷及要害，讓我失敗了好幾次。

不過堅持要吃到我的劍齒虎，將心思都放在攻擊上，無法徹底躲開箭矢，過了約二十分後，四隻劍齒虎的延髓全都被箭破壞，就這樣停止生命活動。

「看來有必要稍微練習一下……」

我將倒下的四具劍齒虎屍體收進魔法袋後，移動到下一個地點。

「而且也不能只獵劍齒虎。」

在那之後，我以相同的方式進行了十次狩獵。

除了劍齒虎以外，還有體型相同、類似豹的南方豹，名叫巨犀的巨大犀牛，以及名叫地獄鷹的巨鳥。

我原本只打算灑血吸引肉食系魔物過來，但結果連雜食和草食系魔物都聚集起來攻擊我。大概是打算制裁我這個侵犯地盤的入侵者吧。拜此之賜，我獵到了各式各樣的魔物。

我用「魔法障壁」防禦魔物們的攻擊，同時以魔法將樹枝改造成箭矢射出，從背後深深刺入牠們的要害延髓。

雖然客觀看起來是很無趣的戰鬥方式，但因為這種方法能在只對魔物身體造成輕微損害的情況下殺掉牠們，所以之後素材能夠賣到高價。而且世界上的工作絕大部分都是像這樣重複相同的作業，感覺好像回到以前的上班族時代，令人覺得平靜。

「那麼，來吃飯好了。」

累積了一定的成果後，肚子也差不多餓了。因為快到午餐時間，所以我決定來吃便當。

便當的內容很簡單，只有三個包了之前製造成功的酸梅乾的大飯糰，和裝在水壺裡的麥茶。因為是在工作中，所以午餐就吃得簡單一點。

直到不久之前，我都還是用魔法自己烘焙麥茶，但現在都是交給家裡的廚師製作。

只要知道作法，專家烘焙的品質會比較好，所以非常好喝。

「該去哪裡吃呢？」

一個人吃也很寂寞，所以我本來想約導師一起用餐，但不知為何在上空找不到他的身影。或許是去監視那個女的了。

「他不監視我沒關係嗎？」

我為了尋找行動還是一樣自由的導師，用「飛翔」飛到空中，結果反倒發現正在優雅地吃午餐的卡特琳娜。

她展開「魔法障壁」，在裡面攤開便當。

「該說不愧是西部最會賺錢的冒險者嗎……」

仔細一看，她吃得還挺好的。因為是便當，所以是以三明治為主，但除此之外，裡面還放了烤肉、炸魚和蔬菜沙拉，菜色非常均衡，甚至還有熱湯、茶、水果切片和餅乾。

「真是充實的菜單……」

「哎呀？這是在偵察敵情嗎？」

「不，因為導師不見了。」

「如果是找導師，他在看見我的水果切片後，就因為想吃水果而跑去採集了。」

「喂……」

明明是因為有他幫忙監視，我們才會答應這場勝負，結果他卻突然丟下自己的工作，某方面來說真是個厲害的人，或許他根本就沒在擔心我。

「唉，不在就算了……話說妳吃得還不錯呢。」

「我好歹是貴族出身，所以無論身在何處，我都會像個貴族般優雅地定時用餐。」

「這樣啊。那我也來吃飯好了。」

「要一起吃嗎？」

「可以嗎？」

「我的器量還沒狹小到連在比賽時間以外都要和人較勁的程度。」

「那就打擾了……」

在那之前，因為有幾隻巨熊正在抓卡特琳娜的魔法障壁，所以我先打倒那些熊再進入障壁。

「這裡的魔物真的很凶暴呢。」

「嗯……意外地難纏……」

「南方灰熊啊……」

根據《圖解魔物．產物大全》，這種熊似乎叫南方灰熊。

雖然印象中灰熊都是住在寒帶，但魔之森的生態系本來就不符合常識。將打倒的獵物收進魔法袋後，我開始吃午餐。

「你的餐點真樸素。」

卡特琳娜在看見我的午餐後，坦率地發表感想。

「我早餐和晚餐會正常吃，所以沒問題。妳的午餐倒是挺豪華的。」
「即使現在失去了爵位和領地，我依然是貴族，吃的東西當然也要與身分相符。」
「準備起來不會很麻煩嗎？」
「我還以為你想說什麼……像我這種程度的冒險者，當然有專門幫我做飯的人。」
「原來如此。」
在那之後，我們沒特別聊什麼就吃完午餐，但我還是難以信服。
因為魔之森附近的村落連建築物都還不多，我實在不認為會有冒險者像個貴族般帶傭人過來這裡，讓對方幫自己準備餐點。
該怎麼說……這個女的身上有和我相同的味道……
唉，反正比賽只限於今天，等這件事結束後，我們應該就再也沒機會見面了。
而且我根本不在意勝負，即使這個女的贏過我並自稱最強冒險者，我的感想頂多也只是「喔——這樣啊」。
不如說，我還比較想知道那個「最強」的根據。
明明其他地區或許會有比我們還要優秀的冒險者……不對，應該是一定有吧。
「再來就是傍晚見了。」
「嗯。」
吃完午餐結束午休後，我和卡特琳娜重新開始狩獵。

與她道別後，我在新的地點打倒一隻魔物並盛大地灑血，然後接連打倒靠近的魔物。

不只肉食系的魔物，就連雜食和草食系的魔物也被吸引過來，雖然感到不可思議，但我還是趁想襲擊我的魔物抓著「魔法障壁」時，用樹枝做的箭貫穿牠們的延髓或其他要害，無一例外地加以狩獵。

持續到傍晚後，我成功確立了使用魔法獨自狩獵的方法。

這麼一來，即使萬一必須逃亡到阿卡特神聖帝國，我也能繼續以冒險者的身分活動。

不知何時已經回到上空的導師，正狼吞虎嚥地吃著自己採集的巨大芒果。

雖然他好像在監視我，但其實自己更享受。

「已經傍晚啦……」

儘管魔力還有餘裕，但不想讓艾莉絲他們擔心的我還是決定回去。

「你用的魔法還真靈巧呢。」

「因為要是切得亂七八糟或用火燒，素材就沒辦法換錢了。」

冒險者的收入，主要是來自販賣自己打倒的魔物的素材。

除了部分危險的不死族以外，就算打倒那些只要不去招惹就只會躲在領域內的魔物，也無法取得報酬。

「話雖如此，魔物普遍被認為是強悍的存在。」

為了讓素材賣到高價，盡可能在不損傷身體的情況下殺掉魔物可以說是基本要求，即使勉強打倒強悍的魔物，要是素材的狀態太差，很可能只會白費工夫。

比起這種作法，在盡可能不損傷素材的情況下，謹慎地打倒比自己弱的魔物，才是這個世界的常識。

「話說那個女的狀況如何？」

「你是說『暴風』的卡特琳娜嗎？她華麗地打倒了魔物！」

暴風啊，真是個危險的外號。雖然我在比賽期間沒發現龍捲風。

「導師認識她嗎？」

「她在西部是非常有名的冒險者兼魔法師！」

她似乎十五歲就成為冒險者，並短短一年就當上西部地區最強的冒險者。

「我都不知道。」

「唉，考慮到鮑麥斯特伯爵的狀況，這也是無可奈何。」

因為我至今都過著比起有名的冒險者，更優先記住貴族姓名的生活。

雖然我還是經常忘記，必須拜託艾莉絲幫忙。

在冒險者預備校的課程中，也不會提及知名冒險者的名字，那裡的教育方針是比起記住知名冒險者的名字，不如努力讓自己變得有名。

「話雖如此，那也只是別人擅自排序並散播出來的傳聞而已！」

導師說得沒錯，人類就是這種生物。

「畢竟在這個業界，自己的狀況才最重要！那麼，我們回去吧。」

「好的。」

就在我們兩人飛回公會分部的小屋前面時，我發現卡特琳娜已經和艾爾他們在那裡等了。

「威爾，我們按照你的吩咐採集了可可豆。」

「麻煩你們了。」

「畢竟這東西能賺錢啊。」

現在王都與周邊地區的巧克力和熱可可的生意，幾乎都由艾戴里歐先生獨占。

當然其他商會也有跟進的意思，並開始收購可可豆進行試做與販賣。

不過，即使能推測出大致的作法，實際製作時還是會有品質的問題，因此幾乎對市占率毫無影響。

話雖如此，品質的問題再過不久應該就會獲得解決，所以我建議艾戴里歐先生先將商品「品牌化」。

「品牌化？」

「因為我們是最早製造和販售巧克力與熱可可的人，而且我們的品質也最好。」

再過不久應該就會有其他業者加入這個市場，演變成薄利多銷的競爭，所以我建議艾戴里歐先生改走高品質的高級路線，藉此和其他業者做出區別。

「就像王室認證那樣。艾戴里歐商會的巧克力雖然貴，但品質和其他商會不同。為了突顯出差異，可以試著控管品質，並在商品上加上艾戴里歐的商標。」

「原來如此。」

「再來就是允許販售的店鋪掛出招牌，例如『本店有販賣艾戴里歐商會的巧克力』。」

「不過真虧您想得出這種點子呢。」

這並不是我想到的主意。

例如王室認證或公爵家認證，在王國裡也有許多店鋪或工房，藉由宣傳王族和貴族有在使用來替商品塑造高級感。

「那我們就用鮑麥斯特來當商標吧。」

「為什麼要用我的名字？」

「要是用艾戴里歐當商標後，引來周圍的嫉妒就麻煩了。」

原本就已經靠調味料大賺一筆，之後又被內定為新成立的鮑麥斯特伯爵領地的御用商人，要是再用自己的名字推出新品牌，似乎會讓周圍的嫉妒變得更強烈。

「如果只是嫉妒倒還好……」

要是妨礙到生意會很麻煩，所以艾戴里歐先生決定以可可豆是只有這裡能採到的特產為理由，用「鮑麥斯特」來當巧克力和熱可可的品牌。

「艾戴里歐先生也很忙碌呢。」

艾爾說得沒錯，光是之前的生意，他就要處理販賣調味料和食材、開設餐廳和允許其他飲食店加盟，以及製造和販賣巧克力與熱可可的工作。

再加上成為我們領地御用商人的工作，應該會非常辛苦。

不過因為工作實在太多，所以現在似乎改為將部分業務委託給中小型的商會，再另外跟他們收錢的系統。

理由好像是一旦成為大貴族的御用商人，忙碌的程度就會急速提升。

雖然再怎麼說都不可能獨占大貴族，但艾戴里歐先生跟我已經有好幾年的交情，商會的規模也擴大許多，之後和他做生意的機會無疑會增加，所以他暫時應該會很忙。

「難怪可可豆會這麼暢銷。」

「是因為巧克力的原料供不應求吧？」

「因為其他商會也開始搶奪原料了。」

既然如此，我覺得沒必要勉強狩獵魔物。

可可豆和香蕉基本上都是種在樹蔭下，同時目前也在研究如何栽種香蕉和芒果等作物，我們在鮑麥斯特伯爵領地南方蓋了實驗農場，打算先將作物移植到那裡培育。

畢竟是原本長在魔之森的巨大化樹木，坦白講研究不曉得何時才會有成果，這段期間還是必須去魔之森採集。

「哎呀，比起狩獵，居然更關心採集……威德林先生真是缺乏霸氣呢。」

就在我和艾爾討論可可豆的事情時，同樣結束狩獵在這裡等待的卡特琳娜打斷我們的談話。

「不管有沒有霸氣，結果都不會改變吧。」

我前世也不擅長應付莫名熱血的上司，在今生也見過不少空有行動力，但只會給我添麻煩的貴族。

很多事情不是只要有幹勁或霸氣就好。

不如說突然向人發起挑戰的卡特琳娜，才是空有不少幹勁。

「總之快點拿成果出來比一比解散吧。」

「什麼！那勝負呢？」

「誰贏都沒差吧。」

又沒規定只有第一名才能進入魔之森，只要各自按照自己的節奏繼續當冒險者就行了。

我個人是覺得比賽誰比較優秀，根本就是浪費時間。

「如果不分個高下，會讓人覺得很不舒暢吧！」

「既然妳都這麼說了……」

只要分出勝負，應該就能擺脫她了……抱著這樣的想法，我在公會分部前面拜託職員們鑑定獵物。在展示狩獵的成果前，已經有許多想湊熱鬧的冒險者跑來圍觀，但用來進行鑑定和解體的設施還沒完成，所以也無可奈何。

「先從我開始吧。」

卡特琳娜率先從魔法袋裡拿出成果，數量非常龐大。

不愧是外號「暴風」的冒險者，她似乎擅長風系統的魔法，每個獵物都是被威力強大的「風刃」一擊割斷頸動脈，失血過多而死。

「不愧是西部最強的冒險者。」

負責檢查獵物的公會職員們，都非常佩服卡特琳娜的實力。

「因為幾乎沒有損傷，所以能取得很好的素材。」

除了頸動脈的一擊外，其他地方都沒有傷口，非常適合當成最近在王都的大貴族間流行，用魔之森產的魔物製成的擺飾品。

由於貴族基本上都很愛面子，所以會藉由向其他貴族炫耀昂貴又稀有的東西，來誇耀自己的財力。

從以前開始，飛龍頭的剝製標本就被視為這類產物的頂點，無論價格再怎麼昂貴，貴族們都會爭相競標。價格之所以高漲，是因為飛龍頭的皮、眼球和牙齒都各有用途，所以一直供不應求。

只有那些財力雄厚的貴族，才有辦法拿貨源不足的素材當裝飾品。

「不過大部分的貴族都已經有了。」

距離王國建國已經過了兩千年，絕大部分的貴族都已經有飛龍頭的標本。

所以稀有度已經不像以前那麼高。

炫耀對方有的東西也沒什麼意義，所以有些貴族改為關注用野狼毛皮製成的地毯，但震撼力還是比不過龍。

就在大家正困擾時，唯一一隻在魔之森初期的探索行動中被獵到的劍齒虎，舉辦了拍賣會。

充滿特色的長牙，以及比野狼大上一倍的身軀。再加上目前只有在魔之森棲息，一般的冒險者就算去狩獵也只會反被獵食，所以只有唯一的一隻。最早取得劍齒虎毛皮做成地毯的西部富豪貴族，名聲因此響徹社交界。

「事情就是這樣，目前需要傷口愈少愈好的劍齒虎屍體。」

因為是要做成地毯，所以傷口當然不能太多。

「只有脖子有傷口真是太令人慶幸了，這個評價很高。」

「這大約值多少錢？」

身為職業冒險者的卡特琳娜，似乎也很在意第一次獵到的獵物價格。

「目前無法得知詳細金額，畢竟魔之森的產物和魔物價格，將由拍賣會來決定。」

只有這裡能獵到，而且若不是超一流的冒險者就只會白白丟掉性命。

結果就是魔之森的產物供不應求，只有有錢人能透過拍賣會購買。

「真令人期待勝負的結果。」

看起來似乎相當有自信的卡特琳娜，開心地挺起豐滿的胸部。

再來輪到我了。

「這個……損傷又更少呢。」

而且魔物幾乎沒有出血。

因為我都是用樹枝做的箭從後方貫穿延髓一擊斃命。

「這樣也能採血呢。」

「是的。」

由於死後就直接放進魔法袋，因此還沒有開始出現死後僵硬或血液凝固的狀況。

魔物的血通常能當成藥材或製作魔法道具的材料，這部分也是全數都會被收購。

「而且數量也很多。」

「我沒特別注意數量。」

因為我只把今天的事情當成練習如何在盡量不造成損傷的情況下，用魔法殺死獵物。

至於比賽本身，只是為了讓對方滿足而已。

「數量將近一倍，這樣應該能賣到很不得了的價錢。」

「嗯，畢竟還有白子的劍齒虎。」

我今天獵到的魔物中，摻雜了一頭白化種的劍齒虎。

即使是巨型魔物，白子還是很難得在自然界存活下來。

因為牠比其他個體要大上一輪，所以或許原因就出在這裡。

「應該會有很多貴族想要這張毛皮，大家可能會搶著要。」

同樣是炫耀劍齒虎的毛皮，稀有度更高的白子毛皮當然更好炫耀。

而且雖說是白子，但顏色更接近銀色，所以外觀也很漂亮。

「可以再多獵幾隻嗎？」

「白子嗎？這還滿看運氣的。」

大概要幾千隻或幾萬隻裡才有一隻。

魔之森的食物來源非常豐富，即使是像劍齒虎那種大型肉食魔物也以驚人的密度棲息在這裡，但就算每天狩獵，應該也要幾年才能再獵到。

「說得也是……」

看來關於這場勝負，已經不需要詳細計算金額了。

因為無論是魔物的種類還是數量，我都領先將近一倍。

我沒打算炫耀自己的勝利，所以刻意不提及這點，單純和公會職員討論狩獵白子的事情，但卡特琳娜像是因為被忽視而生氣般，再次打斷我們的對話。

「你自認為已經贏了嗎？」

「我想這一看就知道了……」

只要看過今天的成果就一目瞭然。

不過即使沒贏過我，卡特琳娜還是獨自獵了這麼多魔之森的魔物。以冒險者來說已經算是超一流，感覺根本就不需要勉強和我競爭。

「冒險者必須在一定程度的期間內，持續取得成果才行！這場勝負，就用一個星期的成果來定奪！」

「咦咦──？」

卡特琳娜突然改變了規則。

這麼說來，我小時候好像也遇過這種傢伙。

只要猜拳一輸，就會突然開始說「還是三戰兩勝好了」。

要是再輸，又會改成五戰三勝。

卡特琳娜一定是個非常好勝的人。我愈來愈覺得她真是個麻煩的女人。

「我是無所謂啦……」

雖然卡特琳娜本人很麻煩，但我很高興能用比賽當理由，專心狩獵一個星期。

因為羅德里希說開發的進度比預期的還要快，所以放我一個星期的假。

儘管有點搞不懂哪一邊才是主人，但不可以在意這種事情。

「我可不能接受！」

不過從擔任護衛的艾爾的角度來看，他果然無法接受讓我獨自狩獵。

「妳難道就沒有其他夥伴嗎？」

艾爾似乎認為如果是人數相同的隊伍戰……自己應該也能參加，但卡特琳娜的回答大大出乎艾爾的預料。

「像我這樣超一流的冒險者，很難找到同等級的夥伴。」

「咦？那妳以前有組過隊嗎？」

「沒有！我至今的成果，都是靠自己一個人的力量累積起來的！」

簡單來講，就是和以前的我一樣孤單一人。

雖然厲害是厲害，但因為刺激到我過去的心靈創傷，所以我只覺得可憐。同為一匹狼，在某些地方會引起共鳴。

優秀的魔法師能夠自己賺錢，所以原本就有容易被孤立的傾向。

要是剛起步時遇到許多只打算依附自己的人，這個傾向就會變得更明顯。

何況她又是女性。在那些人裡面，應該也有很多只想當小白臉的男性冒險者。

「雖然有個男爵家的四男主動來找我，說只要和他合作就能復興家門……」

女性冒險者即使打倒好幾頭屬性龍，也絕對無法獲得爵位。

因此無法繼承家門的貴族之子，在盯上她的功績和資產後便主動接近她。

意思就是他會擔任名義上的當家，但卡特琳娜必須將成果交給他。

要是相信這種傢伙，通常只會迎來悲慘的結局，所以她的判斷並沒有錯。

我覺得卡特琳娜就是因為遇到太多這種傢伙，所以在某方面才會變得不信任別人。

「雖然只能說這世界就是這個樣子，但鮑麥斯特伯爵大人身邊也有類似的人呢。」

然而，話題突然轉向奇怪的方向。卡特琳娜突然出言挑釁艾爾他們。

「這些只會依賴優秀魔法師的隊伍成員們。」

「妳還真敢說呢！」

最先有所反應的，意外地是平常最冷靜沉著的伊娜。

「請妳別因為自己是一個人，就找別人隊伍的麻煩！」

「我只是認為比起被沒用的人寄生，不如獨自行動比較好。而且我又沒具體說是誰……」

「如果是被威爾說我還能接受，但我可不想被妳這麼說！妳明明是因為這種彆扭的個性，才會孤單一人！不要裝得好像那是一種榮耀似的！」

「（伊娜，就到此為止吧……）」

我和卡特琳娜都是如此，如果想找實力與自己對等的冒險者組隊，一定會面臨困境。

不過要是拘泥於這種條件，那無論是公司、商會還是貴族家都無法成立。

一定程度的算計，對人來說是理所當然的生存本能，只要最後雙方能夠順利妥協就行了。

因為我的內在是大叔，所以才能看得這麼開，但卡特琳娜或許是在正值多愁善感的時期遇到太多這種人，才會變得無法信任別人。

「雖然我連魔法都不會用，作為冒險者也不像妳這麼會賺錢！但我好歹也有自尊！就來一決勝負吧！」

「咦咦——？」

我沒想到伊娜居然會在這時候說要一決勝負。
與此同時，我也理解到卡特琳娜和伊娜根本就沒得比。
雖然伊娜是用槍高手，但魔法的威力就是強大到那種東西根本無法比擬的程度。
「那我也要加入。」
「因為我也被當成寄生蟲看待，所以也算我一個吧。」
「我也要參加，大家應該需要有人幫忙回復。」
「我要保護艾莉絲大人。」
果然光靠伊娜一個人還是太勉強了，因此艾爾、露易絲、艾莉絲和薇爾瑪也跟著加入，主張要五人一齊發起挑戰。大家都被卡特琳娜的挑釁激怒了。
「艾爾，那我的護衛呢？」
「就拜託導師吧。」
在這個瞬間，「我的護衛」這個詞已經從艾爾的腦中消失了，他完全無視我，繼續討論勝負的事情。
「不行，因為在下也要參加！」
「為什麼事情會變成這樣……」
考慮到年齡，這時候最該出來勸阻的導師，不知為何開始說自己也要參加。
就算這麼做，也無助於解決狀況，他應該只是單純覺得有趣才想參加。導師就是這種人。

明明是想分成我、卡特琳娜和艾爾他們三組來進行狩獵比賽，結果導師卻不願意接下維護安全和裁判的工作。

「你到底在想什麼啊……」

不只我們，就連卡特琳娜都對導師露出困惑的表情。

「當然是因為感覺很有趣！」

「……這樣啊……我想也是……」

我在心裡大喊「你是小孩子啊」。

雖然他和師傅過去似乎是好友，但我再次體認到師傅是個厲害的人。

「那監視和裁判的工作怎麼辦？」

「在下會拜託布蘭塔克先生大人！」

結果導師強硬的參戰要求獲得了認可……應該說沒有人能夠拒絕，明天開始又要重新進行狩獵比賽。

我還剩下六天能狩獵，而規則是在接下來的五天內，獵物估價最高的一隊獲勝，這樣我今天的成果到底算什麼？

即使想認為自己只是正常地在狩獵，還是令人感到難以釋懷。

「我明明沒那麼閒……」

而且又多了一名犧牲者。

晚上回家和布蘭塔克先生商量過後，他勉為其難地答應了我們的要求。

要是我有什麼萬一，那可不是被布雷希洛德藩侯罵一下就能了事，所以他才不得不答應。同時他也是我們當中最年長與成熟的人。

「有必要被一個自我意識過剩的沒落貴族小姑娘，影響到這種程度嗎？」

「反正原本就預定要專心狩獵，只要讓她慘敗過一次，她應該就會學乖。」

「要是這樣就好了……」

「……」

我知道布蘭塔克先生在想什麼。

那個叫卡特琳娜的少女，或許是個相當不甘寂寞的人。

不過即使如此，應該也不會造成什麼實際損害，於是我早早就寢為明天作準備。

抱著「只要能狩獵就好」的想法。

第二話　再次比試

「要比的是到太陽下山以前，狩獵和採集獲得的成果能賣到的價格。因為有五天，所以別忘了分配步調。」

「威爾，布蘭塔克先生好像預備校的校長。」

「露易絲姑娘，我還沒那麼老。」

「唔哇，耳朵真好……」

露易絲被布蘭塔克先生靈敏的聽力嚇了一跳，但他的確還沒那麼老。

「可以再補充一點嗎？這次可不能再輸了不認帳喔。」

「我知道，就用這次比試來徹底做個了斷吧。」

隔天早上，在前老練冒險者布蘭塔克先生跟大家打過招呼後，我們重新開始比賽。

我、卡特琳娜和導師是單獨參賽，艾爾他們是五人一組參賽。

雖然伊娜昨天難得被卡特琳娜的惡言激怒。但光靠她一個人實在是贏不了卡特琳娜，所以只能讓他們五人組成一隊。

畢竟強大的魔法師擁有遠勝於個人的力量。

「伊娜，別太勉強喔。」
「當然，我才沒那麼笨呢。」
「所以妳有什麼打算？」
「我們要以量致勝，之後會以採集為主。」
原來如此，真是個不錯的想法。
雖然狩獵大型魔物單價會比較高，但很費工夫。
既然如此，不如將狩獵限定為自衛的手段，專心採集水果或昂貴的草藥來以量致勝。
這個作戰，很有個性冷靜的伊娜的風格。
「重點在於要有效率地找到許多有高單價目標生長的地點。」
「話說得那麼滿，結果作的事情卻這麼小家子氣。」
「像妳這種以為冒險者只要施展誇張的魔法狩獵魔物就好的人，才是頭腦簡單。」
「妳說什麼！」
挑釁伊娜的卡特琳娜，在遭到伊娜的反擊後勃然大怒。
伊娜說得確實沒錯。
冒險者以華麗的手段打倒強悍的魔物，看在外行人眼裡應該很帥氣，但冒險者的工作並非只有如此。
冒險者的工作，簡單來講就是取得許多能賣錢的東西。

雖然只要打倒龍或強悍的魔物就能賺到錢，但其實有能力做到這種事的冒險者並不多，反倒是靠採集賺到的錢還比較多。

站在冒險者公會的立場，若每個冒險者都因為魯莽的討伐而受重傷或死亡也很令人困擾，所以非常歡迎能長期持續賺錢的冒險者。

超一流的冒險者，就是因為數量稀少才叫超一流。

實際上過去也有從來沒進去過魔物領域，只靠低調地在人煙罕至的森林有效率地採集昂貴產物，就這樣在職業生涯中賺到超過一千萬分的冒險者。

雖然往往會被超一流冒險者的鋒芒蓋過，但實際上這種人也是真正的成功者。

「小姑娘們，禁止吵架。這種事就靠比賽來解決吧。」

「我知道了。」

「我知道啦。」

看來即使是卡特琳娜，也只能坦率接受知名冒險者布蘭塔克先生的忠告。

因為對方擁有無可挑剔的實績，所以無法隨便反駁。

「那麼，比賽開始。」

雖然比賽在布蘭塔克先生的宣告下開始，但我要做的事情並沒有什麼不同。

就只是進入魔之森，然後漂亮地殺掉想襲擊我的魔物。

連用魔法將樹枝做成箭，刺進要害延髓的手法都一樣。

因為我在昨天傍晚時，想到了先將樹枝壓縮再做成箭矢增強穿刺力的方法，所以只是讓魔物們變得更加不幸而已。

「不過這些傢伙真是學不乖……」

我本來以為魔物的腦袋會再好一點，但牠們還是一樣不斷用爪子抓我展開的「魔法障壁」，企圖破壞障壁。

然後接連因為被從後方刺中要害而死。

在看見先被我攻擊的魔物的死狀後，其他魔物明明有放棄的機會，卻還是重複相同的攻擊，然後被相同的魔法打倒。

與其說是頭腦太差，不如說是鬥爭本能太強，如果不這麼做就無法滿足。

「呼，飯糰果然要配酸梅乾。」

「那個果實莫名地紅，吃起來真的沒問題嗎？」

到了中午時，卡特琳娜不知為何突然現身，和我一起吃午餐。

因為是一場嚴肅的比賽，所以為了維護公平性，參加者之間不應該互相見面……我並沒有將這場比賽認真看待到這種程度，因此毫不在意地讓她進入「魔法障壁」。

昨天是由卡特琳娜負責維持「魔法障壁」，所以這樣應該就扯平了。

「這是因為一起醃漬的植物的葉子是紅色。不僅能長期保存，對健康也很好，還有防止食物腐敗的效果。」

「雖然吃起來很鹹，但味道還不錯，感覺也能用在料理上……」

「咦？卡特琳娜會做菜嗎？」

「唔！我還以為你在說什麼，我當然是指廚師！」

我從昨天開始就覺得可疑，考慮到魔之森目前的周邊環境，卡特琳娜真的有辦法帶廚師來這裡住嗎？

我覺得她一定是自己做菜……

「那個雞肉，看起來很好吃呢。」

「這是鹽焗珠雞。」

根據卡特琳娜的說明，作法似乎是先仔細去除羽毛，在取出內臟的珠雞肚子裡塞進辛香料、香菜和煮過的內臟切片，然後再用大量的濕鹽巴包起來拿去蒸。

這是一道和鹽焗鯛魚很像的料理。即使只看使用的鹽巴分量，也算是一道高級料理。

「要吃吃看嗎？」

「那我不客氣了。」

因為看起來很好吃，所以我請卡特琳娜分了一點給我，實際品嚐過後，果然非常美味。

甚至讓我詛咒起自己至今為何都沒想到這個料理。

「這道菜很好吃呢。」

聽見我坦率的稱讚，卡特琳娜似乎非常高興。

雖然她明顯是因為自己做的東西被人稱讚才感到高興，但要是我這麼說，她一定又會堅持說那是廚師做的，所以我刻意不提這件事。

「作為回禮，我請妳吃點心吧。」

話雖如此，我也只有將各種切過的水果、蜂蜜與少量的水放進杯子裡，再用「攪拌」魔法做出來的熱帶綜合果汁而已。

這只是應用了做美乃滋時學會的魔法。

「居然在擅長風魔法的我面前，展現這麼靈巧的魔法。杯子裡的材料一滴都沒濺出來，真是了不起。」

「卡特琳娜的外號是『暴風』吧。」

難怪對風魔法這麼有興趣。

「嗯，不過這並非我自己想要的外號……」

之前西部的冒險者預備校在進行野外講習時，突然有一大群狼襲擊學生，所以卡特琳娜不自覺地用魔法做出巨大的龍捲風，將牠們通通吹跑。

「雖然當時的確有波及到一些學生，但被那麼大群的狼襲擊卻沒有出現死者，明明已經算夠幸運的了……」

卡特琳娜總是獨自一人的其中一個理由，或許就是因為那起事件被同學們疏遠。

「魔法師一旦到了像我這樣的程度，就很難找到同伴。」

在那之後的四天，我狩獵的效率逐漸變好並順利地累積成果，但不知為何午餐總是和卡特琳娜一起吃。

因為我只有準備飯糰，所以她都會分菜給我。

「威德林先生是貴族，應該要多花點心思在食物上面。」

明明我每天回家都會好好吃飯，但她不知為何像個大姊姊般對我耳提面命。

儘管一開始的印象不太好，但像這樣來往過後，我開始覺得她或許意外地是個好女孩。

「雖然女冒險者獨自行動應該很辛苦，但我覺得妳對伊娜他們說的話還是太過火了。」

我在最後一天的中午提起五天前的事情，結果卡特琳娜做出令人意外的反應。

「我也覺得自己說得太過火了，但冒險者不能只依靠強者生存。」

卡特琳娜似乎也是想以她的方式，指出伊娜他們過於依賴我的事實。

只是因為說法太糟糕，聽起來才不像是那樣。

「那麼，妳覺得能贏過我嗎？」

「再來只剩下持續累積成果直到傍晚，並確實贏得勝利。」

看來卡特琳娜似乎取得了比第一天還要豐碩的成果，她自信滿滿地挺起胸膛如此說道。儘管相處的時間不長，但我覺得這很有她的風格。

吃完午餐後，我和卡特琳娜道別，進行最後一場狩獵。

「雖然我不怎麼在意比賽結果……」

可是無論伊娜他們或卡特琳娜，都是認真在比賽，所以不認真就太失禮了。

而且我現在才想起另一位參賽者。

那就是不知為何擅自參戰的導師。

「沒什麼好擔心的，就算我們都死光了，那個人應該也會確實活下來。」

他現在應該正自顧自地在不損傷魔物的情況下，像之前對待飛龍那樣扭斷牠們的脖子。

從剛才開始，我就一直聽見遠方傳來類似魔物的慘叫聲，為了我的精神衛生，我盡可能加以忽視。

畢竟這只不過是魔之森的魔物們，遇到了天敵而已。

再來就是看以採集為優先、選擇有效率地賺錢的艾爾他們，能不能追上卡特琳娜的成果了。

「時間就快到了。」

我在最後一天的下午也有效率地狩獵，然後這場長達五天的狩獵、採集競爭終於結束了。

我將至今的成果，交給在公會分部前等待的職員們。

「哎呀，這成果真是豐碩，各位能不能每天都比賽呢。」

公會那邊非常積極協助這次的比賽，由於三名魔法師互相競爭誰的成果多只會讓收入增加，所以他們也很樂見這樣的發展。

「畢竟現在市場根本是供不應求。」

儘管現在能進入魔之森是件好事，但因為難度極高，所以讓不熟練的冒險者去也只會徒增屍體。

以人數來說，成果似乎意外地少。

也有很多冒險者如同這個職業的名稱，進行了魯莽的冒險並因此丟掉性命，除非關於魔之森的情報累積到一定程度，否則犧牲者應該不會減少。

包含卡特琳娜在內，從其他地區跑來這裡的超一流專家，還只有少數。

有辦法在自己的活動地區賺錢的他們，似乎打算再觀望一下狀況。

「再來就是因為這裡什麼也沒有……」

雖然定期會有魔導飛行船過來，但這裡原本就是分配給打算潛入魔之森的冒險者的村子，包含住宿設施在內都還沒整頓好。

就連冒險者公會分部都是臨時搭建的小屋。

許多冒險者都還是露宿，娛樂設施也只有少數旅行商人舉辦的市集或攤販。

講話狠一點的冒險者，甚至會說：「村子？哪裡有那種東西？」

「雖然不是沒有資金或物資，但時間……時間不夠啊……」

「畢竟其他還有很多需要開發的地方。」

原本就是什麼都沒有的未開發地，所以一開始無論如何都得以鮑爾柏格附近為優先。

我向公會職員如此說明，希望他們能再忍耐一陣子。
「目前勉強還能生活，所以沒有問題。再過不久，這附近也會開始開發吧？」
在我和公會的分部長談話的期間，統計的結果也出來了。
「那麼，接下來發表成果。」
首先是我，因為我都盡可能在深處獵捕大型魔物，所以成果大約是卡特琳娜的三倍。
逐漸熟練在不造成損傷的情況下打倒魔物的魔法，也是原因之一。
雖然我也獵了不少劍齒虎，但果然一隻白子也沒有。第一天應該只是運氣好。
「壓倒性的勝利呢。」
「唔唔……」
儘管卡特琳娜也很拚命狩獵，但魔力量的差距果然還是太大了。
因為她並沒有獵到看起來能賣超高價的獵物，所以在舉辦拍賣前，就已經分出勝負了。
「呃——再來是艾爾他們……」
雖然我本來認為重點是他們能逼近卡特琳娜的成果到什麼程度，但計算成果的公會職員公布了意外的結果。
「幾乎可以確定總價會比卡特琳娜小姐多。」
「什麼！這是怎麼回事？」
「呃，只能說是用數量來填補……」

除了大量單價與需求量都很高的可可豆和水果外，艾爾他們還採了許多藥效極高的草藥。

在草藥方面，曾經在教會幫忙治療的艾莉絲做出了很大的貢獻。

知道草藥大多生長在哪裡的她，似乎活用了這方面的知識。

不愧是艾莉絲，低調地發揮了她完美超人的特性。

此外他們獵到的獵物也比預期的多。

「也有幾隻劍齒虎呢，而且還沒有傷口。」

「有是有啦，不過方法和威爾一樣。」

劍齒虎好像全都是露易絲獵的。

她活用動態視力，以最小的動作躲過劍齒虎的衝撞和攻擊並迅速繞到獵物後方，用灌注魔力的攻擊一擊打倒獵物。

之所以沒有外傷，是因為她用魔鬥流直接破壞內部的奧義，只將延髓切斷。所以從外表完全看不出來。

「那是怎樣，聽起來好恐怖。」

「這是如果沒有一定程度的魔力，就無法使用的招式。導師的指導也派上用場了。」

這麼說來，的確是這樣沒錯。

露易絲擁有中級到上級之間的魔力，她透過魔鬥流盡可能節約魔力戰鬥。

為了預防敵人的攻擊，我和導師平常都會事先展開「魔法障壁」，露易絲則是在沒使用「魔法障壁」的情況下，於零點一秒內判斷是否能夠迴避敵人的攻擊。

如果是能躲過的攻擊，就不必使用「魔法障壁」，直接閃躲。

「我們基本上是四個人負責採集，然後由我來監視周圍的狀況。如果敵人太多，就拜託薇爾瑪或伊娜支援。」

露易絲似乎專門負責狩獵威脅性最高的劍齒虎。

仔細觀察其他魔物，就會發現頭被漂亮砍斷的是薇爾瑪的成果，頭部或心臟附近有刺傷的是伊娜的成果。

「現在魔之森產的水果價格有上升的趨勢。像這樣的分量，大商人應該會舉辦拍賣，讓價格變得更高。」

大商人都有幾個泛用的魔法袋。

只要裝進裡面，就能維持新鮮，所以即使是生鮮食品，他們也會大量購買。

這麼做的目的，就是透過低價買進、高價賣出來得利。

以他們的財力，即使坐擁大量存貨也不會妨礙經營，魔之森的產品價格暫時不可能下滑，畢竟只有這裡採得到。

為了不被其他競爭者買走，他們將毫不猶豫地在拍賣會高價競標。

「露易絲小姐的運氣也很好……」

公會職員看向一隻劍齒虎的白子。

雖然這是第二隻，但尺寸比我獵到的個體還要再大上一輪。

「而且完全沒有傷口。」

「內部就不是毫髮無傷了。」

「如果要這麼說的話，那阿姆斯壯導師也一樣……」

剩下就是擅自參戰的導師，他的戰果極為驚人。

數量多到恐怖的魔物屍體，全都帶著苦悶的表情排成一列，幾名公會職員正拚命地鑑定。

「那個……導師？」

「在下從以前開始，就是靠這個狩獵大量的魔物！」

導師伸出自己的拳頭。

他不使用複雜的方法，單純用灌注魔力的拳腳打死或踢死魔物，不然就是折斷獵物的脖子。儘管這種方法單純明快又省時，但在這個世界，應該也只有導師做得到這種事。

我只祈禱自己不會遇到那種攻擊。

「順帶一提，在下於森林深處發現了遺跡！在下打算明天去進行探索！」

「到頭來，導師才是遙遙領先的第一名啊。」

艾爾說得沒錯。

不僅獵物數量比我多，甚至還找到了沒被發現過的遺跡，不愧是有能力擅自參賽的人。

「導師，別太搶年輕人的工作啊。」

「雖然在下也這麼想，但其實在下的第二個和第三個妻子好像懷孕了，為了保險起見，在下打算多賺點錢！」

「咦？是第二十個孩子了吧？」

「沒錯！這次在下想要個女兒！」

見到導師的豐厚戰果，布蘭塔克先生勸說導師別把年輕人的工作都搶走，但導師以家裡需要用錢反駁。

不如說在家庭計劃方面，導師好像比我父親還要鬆散。

不過因為他經濟能力很強，所以不會造成任何人的困擾。

「要是生了女孩子，可以嫁給鮑麥斯特伯爵！」

「咦？」

「（長得像導師的女孩子，嫁給威爾？）」

娶導師的女兒啊……比起年齡差距，我更在意艾爾脫口而出的那句話。

「（長得像導師的女兒？）」

我腦中立刻浮現一個全身肌肉，外表和導師長得一模一樣的女孩。

「（拜託饒了我吧。不如說我根本沒自信能產生性慾……）」

雖然講這種低俗的話有點不好意思，但我只覺得洞房夜時脊椎會被折斷。

「那個，導師大人，在艾莉絲面前講這種話有點不太妥當……」

「喔喔，這麼說也對。那麼希望能和你們的孩子或孫子聯姻！」

就在我不曉得該如何回應時，伊娜挺身幫我回答。

她搬出導師疼愛的外甥女的名字，委婉地幫我拒絕。

「（伊娜！得救了！真是幫了大忙！）」

「哇！威爾！」

我忍不住當場抱住伊娜，但除了導師以外，大家都露出非常能夠理解的表情。

果然提到導師的女兒，大家都只想得到女裝版的導師。

「嗯，比賽也順利結束，真是太好了！」

第一名是導師，第二名是我，第三名是艾爾他們，導師原本就是超一流的冒險者，所以這也是無可奈何。儘管我們的魔力量相差無幾，但經驗還是差太多了。

「不過排名這種東西根本就無所謂吧？」

布蘭塔克先生向一旁的公會職員確認，對方也做出算是肯定的回答：

「這麼大量的商品，在王都拍賣一定能賣到很高的價格。這麼一來，其他地區也會聽到傳聞。」

一旦知道能賺到更多錢，超一流的冒險者們很可能會聚集到這裡，所以冒險者公會才會協助我們比賽。比起勝負，他們更在意宣傳效果。

「再來是遺跡啊……」

「是的，魔之森的探索才剛開始。應該還有其他幾座未知的遺跡。」

如果能在導師發現的遺跡取得豐碩的成果，就能成為吸引許多冒險者聚集的誘因。未知的遺跡讓人賺大錢的可能性，就是這麼高。

換句話說，冒險者公會和導師，都透過讓優秀冒險者聚集到魔之森周邊的方式，來協助領地的開發。有辦法賺錢的冒險者將帶著家人，在這裡建立住所生活。

這不僅能帶來高額的稅收，以他們為目標的商人們也會過來，促進地區的活性化。

「那麼，明天就去探索遺跡吧！」

「成員就這些人沒問題吧？」

和之前探索地下遺跡差點死掉時相比，因為這次多了薇爾瑪和導師，所以戰力又更強了。只要沒發生什麼特別糟糕的事情，應該是不會有問題。

「因為明天要早起，所以大家早點回家吧。」

「在下也想借宿一晚！」

「我也是，用『瞬間移動』送我們一程吧。」

「好啊，最近我用『瞬間移動』能轉移的人數也增加了。」

在經歷與黑煙不死族巨人的戰鬥，以及累積許多土木魔法的經驗後，我的魔力量和魔法精確度似乎都提升了，現在一次可以運送十個人。

「聽起來真方便，那就拜託你了。」

「我知道了。」

為了明天一早去探索遺跡，我們決定早點用「瞬間移動」返回已經搬到鮑爾柏格的家休息。

順利回到家後，我馬上產生一種好像忘了什麼的感覺。

「威德林大人，怎麼了嗎？」

「艾莉絲，我是不是忘了什麼？」

「真要說的話，應該只有和您決勝負的卡特琳娜小姐……」

「我忘了！」

我這才想起這幾天都在和卡特琳娜比賽。

因為導師給人的印象太震撼，除了艾莉絲以外的所有人，都忘了卡特琳娜的事情。

而艾莉絲之所以還記得，應該是因為她是個有常識的人，而且身為導師外甥女的她，早就對他不尋常的行動免疫了。

「要回去嗎？」

「太麻煩了，還是明天再說吧。吶，薇爾瑪。」

雖然我也覺得她有點可憐，但她之前曾經對伊娜他們出言不遜，外加即使現在知道她不是那麼壞的人，我的魔力也已經到極限了。

如果是卡特琳娜，就算放著不管一個晚上，應該也沒問題……我決定要這麼想。

「那傢伙意外地堅強，就算放著不管一個晚上也不會有問題。」

「威爾和薇爾瑪偶爾很過分呢，雖然那個女的口氣也不太好……」

「考慮到現實問題，我的魔力也到極限了。」

由於我還是有一點罪惡感，因此決定把我這幾天和卡特琳娜相處的事情說給大家聽，替她說點好話。

她是個優秀的魔法師，所以我希望她能以鮑爾柏格為據點，雖然嘴巴壞了一點，但她的本性應該不壞。至於比賽誰才是最厲害的人，這種太過熱血的事情就饒了我吧。

「艾爾，其實她是你喜歡的類型吧？」

「我才不喜歡。那女人雖然是個美女，但有夠麻煩。」

「如果只看第一印象，的確是如此……」

反正無論如何，我們明天以後就不會再跟她扯上關係，之後我們一起吃多米妮克準備的晚餐，並好好睡了一覺，而我姑且也在晚上時替卡特琳娜說了一點好話。

「那個女的會做菜？」

只是艾爾在聽我說完後，還是顯得半信半疑。

隔天，我們一在靠近魔之森的冒險者公會分部前集合，就發現卡特琳娜已經規矩地在那裡等我們。她的表情看起來不太高興，但又像是在慶幸我們有來這裡。

「對比賽的結果隻字未提，就直接把我丟下，你到底在想什麼？」

「妳果然生氣啦。」

「那還用說！」

畢竟她之前都特地向我們挑釁了，所以應該很討厭被忽視。

「我也覺得很抱歉，但卡特琳娜不也被導師的言行嚇到，所以什麼都沒說嗎？」

「這個……」

要是她當時有說「別忘了我！」之類的話，我們也不會丟下她不管，這都要怪她對導師沒有免疫力，只會驚訝地呆站在原地。

「雖然我們也認識他好幾年了，但還是會定期從那個人身上發現驚人的事實。」

儘管我有聽說過導師曾是超一流的冒險者，但與其說我沒想到他這麼厲害，不如說我沒想到堂堂王宮首席魔導師，居然偶爾也會兼職狩獵，這實在太令人驚訝了。

話說都沒有人阻止他嗎？

不對，感覺就算阻止也沒用。

「而且那場比賽，應該是我們贏了吧？」

從世間的角度來看，卡特琳娜的成果確實不辱超一流冒險者之名。

簡單來講，就是她挑錯對手了。

「我們之間的勝負還沒完！這種時候應該要看一個月的成果！」

「妳要和導師比一個月嗎？」

「這個……」

應該是沒有勝算吧。

要是讓布蘭塔克先生加入我們的隊伍，應該就能取得比導師還多的成果，但這樣已經不能算是獲勝了。

「想贏過他，應該還要花上一段時間。」

而且居然想把比賽延長到一個月。

卡特琳娜該不會是寧願比賽，也想跟我們在一起吧？

「這場勝負，就先暫時擱下吧！」

最後我總算讓她撤回比賽的事情。不過真不曉得她到底是不服輸，還是堅持想贏過我並藉此成名。

「我覺得妳只要繼續留在這裡活動，應該馬上就會變成名人。」

「光這樣是不行的！」

「為什麼？」

「威德林先生只要有所表現，就有機會累積功勞或取得爵位吧！但我即使擊敗你，也不見得能得到這樣的待遇……」

這就是身為女性的悲劇。

無論表現得再怎麼好，都會因為不是男性而無法獲得爵位，只會引來一堆怪人覬覦自己賺的錢。

所以她才堅持不組隊，想要獨自成名。

她大概是認為唯有表現優異到足以被視為例外，才能取回祖先失去的爵位吧。

雖然就連這點都無法確定，但她也只能依靠這個希望。

一想到這裡，我就覺得她有點可憐。

「呃，雖然不曉得有沒有幫助……」

我邀請卡特琳娜一起參加探索遺跡的行動。

這次的探索行動多了導師和薇爾瑪，所以戰力遠比上次強大。

不過這世界沒有什麼是絕對的。

因此我希望身為超一流魔法師的卡特琳娜也一起參加。

其實她雖然嘴巴有點壞，但個性意外地坦率，在比賽時也完全沒有作弊。

所以應該不必擔心她會像許多其他的冒險者那樣，為了自己的利益背叛別人。

當然首先還是要讓她向伊娜道歉。

「畢竟是未知的遺跡，不曉得會遇到什麼東西。」

「雖然我是第一次探索遺跡，但我在西部也是赫赫有名的冒險者。當然不可能選擇逃避！」

「那真是幫了大忙，我可不想再遇到像上次那樣的事情。」

「我有聽過傳聞，據說是跟前陣子的暗殺未遂事件有關、已經被解散的盧克納男爵家在背後妨礙。」

儘管那並非事實，但因為他的確有可能這麼做，所以謠言還是傳開了。

考慮到對方是自作自受，我完全不打算加以訂正。

「事情就是這樣，拜託妳了。」

「真沒辦法。就讓你好好見識一下我的實力吧！」

「（只要當成是口頭禪，就還滿可愛的……）」

卡特琳娜有跟我很像的孤獨氣質，所以我實在無法對她置之不理……

她就這樣加入了我們的隊伍，和我們一起前往探索未知的遺跡。

第三話 魔之森的地下遺跡

「看來你們其實也滿有實力的。我撤回之前的發言，誠摯地向各位道歉。另外，我也會參加這次的探索行動。你們就當作上了大船，儘管放心吧。」

雖然我們開始探索導師在魔之森發現的未知地下遺跡，但在那之前，被我邀請來參加這次行動的卡特琳娜，先為之前的無禮言論向伊娜他們道歉。

聽完內容後，我覺得她可以說得再溫和一點，但這個人應該只會用這種方式說話吧。

即使如此，伊娜他們姑且還是接受了她的道歉。

幸好我昨晚有幫她說話。

「感覺有點無法釋懷……」

「那是因為伊娜的個性太認真了，我倒是滿喜歡這種有趣的人。」

「只要能當成戰力，我就無所謂。」

個性認真的伊娜，應該還是無法完全原諒卡特琳娜的無禮言論，但因為對方姑且已經道歉，所以伊娜似乎還沒辦法好好處理自己的感情。

露易絲則是從卡特琳娜身上發現了有趣的部分。

艾爾基於上次探索遺跡的事件，似乎認為只要能構成戰力就不成問題。

儘管卡特琳娜是個美女，但艾爾已經明白表示無法把她當成戀愛對象，所以看起來對她沒什麼興趣。

「威爾大人，那個輕飄飄也要加入嗎？」

「至少這次是這樣。」

卡特琳娜明明是冒險者，卻穿著輕飄飄的皮革洋裝，所以薇爾瑪替她取了一個「輕飄飄」的外號。

儘管外觀是洋裝，但皮革的部分是龍皮，披風也是以幼龍的胎毛編織而成，所以是接近最頂級的防具，但看在薇爾瑪眼裡，似乎只是個珍奇的裝備。

才當冒險者一年就能取得這樣的防具，表示卡特琳娜無疑是個超一流的冒險者，但對薇爾瑪這種以效率為最優先的冒險者來說，卡特琳娜看起來應該是個不協調的存在。

「輕飄飄很能幹，所以沒關係。」

「這女孩講話比我還毒呢……」

看來卡特琳娜也對自己傲慢的語氣有所自覺。

她的表情因為薇爾瑪的發言而變得僵硬。

卡特琳娜之所以沒生氣，似乎是因為薇爾瑪的外表非常嬌小可愛，這點真的是為後者帶來了不少好處。

「薇爾瑪小姐，不可以用『輕飄飄』來稱呼接下來要一起探索的夥伴喔。」

「好的，艾莉絲大人。」

「我重新自我介紹一下。我叫卡特琳娜．琳達．馮．威格爾。」

「您真是多禮了。我是艾莉絲．卡特琳娜．馮．霍恩海姆。」

然後是能讓那個薇爾瑪言聽計從，我未來的正妻艾莉絲。

雖然她們的胸部都很大，名字也有部分相同，但兩人可以說是完全不同的類型。

不過貴族的名字真是麻煩。許多人會在名字裡加入歷代祖先的複數領地名或地名，以及特殊的中間名。而且還經常跟別人重複。雖然如果只有艾莉絲和卡特琳娜這樣，倒還不至於構成問題。

艾莉絲的外表與她「霍恩海姆家的聖女」這個外號相符，帶有一種溫柔的美感，但她同時也具備與中央名門貴族家千金這個身分相符的堅強。

即使是卡特琳娜，也必須恭敬地向艾莉絲打招呼。

艾莉絲也像是完全不在意卡特琳娜過去的無禮舉動般，同樣恭敬地回應。

果然一度沒落的前貴族家千金與真正的貴族千金之間的差距，在這裡還是顯現出來了。

艾莉絲既往不咎的行為，其實會構成很大的壓力。

在貴族世界，就像是「妳欠我一個人情喔」的感覺吧？

卡特琳娜似乎也注意到這點，大幅收斂了平常的語氣和態度。

不過王都也有許多只有在壞的方面像貴族千金的人，和那些人相比，或許卡特琳娜還算是很好的了。

「打招呼就到此為止，馬上就要進入地下遺跡囉。」

「沒錯！在下昨晚都在想探索新地下遺跡的事情，幾乎沒什麼睡！」

在布蘭塔克先生的催促下，我們趕緊準備進入遺跡，但另一個負責監視的大人——導師似乎非常期待探索遺跡。

不過居然興奮到睡不著，又不是遠足前的小孩。

「那麼，先移動到遺跡那裡吧！」

因為發現遺跡的人不是我，所以無法使用「瞬間移動」，只能徒步前往。

此外由於這幾天討伐了不少魔物，因此路上幾乎沒遇見牠們，但數量當然不至於是零。只是數量不多，最後都交給露易絲用消耗較低的魔鬥流格鬥術解決。

「明明連遺跡都還沒抵達，怎麼能讓魔法師消耗魔力呢。」

「抱歉啦，露易絲。」

「數量不多，所以沒問題。一定是因為導師之前獵了很多魔物。」

「露易絲姑娘說得沒錯！因為不曉得遺跡裡有什麼，所以必須盡可能節約魔力！」

約一個小時後，我們在導師的帶領下抵達遺跡入口。

雖然地點離冒險者分部所在的村子有段距離，但並不算深處。

入口非常小，而且還被茂盛的南方蕨蓋住，真虧導師有辦法發現。

「在下當時剛好想小便，所以本來想在這裡解決！」

「喔，這樣啊……」

簡單來講，就是偶然發現的。

除了導師以外的所有人，都在心裡覺得自己的佩服白費了。

「那麼，要由誰來打開那個入口？」

艾爾在發現入口的門關著後，提出疑問。

「在那之前，得先確認有沒有陷阱。」

要是一碰到門就發生大爆炸，那可就糟糕了。

有必要遵循導師的忠告，先調查有沒有陷阱。

「輪到我出場了。」

布蘭塔克先生立刻上前，使用「陷阱探測」的魔法調查入口的門。

不愧曾經是超一流的冒險者，連這種魔法都會用，真是令人佩服。

「好像沒有陷阱。不過這有點麻煩……」

「麻煩？」

「嗯，你看這道鎖。」

布蘭塔克先生指向裝在門上的鎖。

雖然看起來不需要鑰匙，但鎖上面裝了四個轉盤，而且每個轉盤都能轉出零到九的數字。用最簡單的方式來形容，就是類似自行車常用的數字鎖。

「要是弄錯數字，會爆炸嗎？」

「沒發現那種陷阱，應該只要轉對數字就行了。」

因為很花時間，所以算是個簡單又讓人討厭的陷阱。

替這扇門裝鎖的人，個性一定很差。

「也可以直接把門炸開！」

「還不曉得門後面有什麼，所以不能直接破壞門。」

若直接把門炸開，之後在裡面發現危險的東西，必須再次將門封印起來時，封印作業會變得非常困難。

「只能一個一個試了。」

「弄錯會有懲罰嗎？」

「我剛才也說過了，沒探測到那種陷阱。說真的，設那種高性能的陷阱效率也太差了。」

考慮到成本，設置那種只要轉錯一個轉盤就會發動的陷阱，未免太不實際了。

而且古代魔法文明時代的遺跡，大多傾向將難纏的陷阱設置在內部。

我想起之前遇到的「強制轉移魔法陣」和「逆向虐殺陷阱」都是設在遺跡內部。

「欸——！要一個一個轉嗎？」

從0000轉到9999，尋找能夠開門的號碼。

這是非常單調又花時間的討厭作業。

「呃——」

我環顧其他夥伴，但所有人都別開視線。

就連艾莉絲也是如此，可見誰都不想做。

當然，我自己也不想。

「像這種工作，應該要交給新人吧？」

艾爾的意見，讓所有人的視線都集中到卡特琳娜身上。

「哪有這麼過分的事情！應該要公平地抽籤決定！」

卡特琳娜當然不願意，但相對地也提出了一個好主意。

只要公平地用抽籤來決定，之後應該也不會有人不滿。

「威爾大人，用猜拳來決定吧。」

薇爾瑪拉著我的長袍，提議用猜拳來決定。

雖然這個世界沒有猜拳，但自從我之前抽空教會薇爾瑪後，她就變得非常喜歡猜拳。

在那之後，每次只要必須決定什麼，薇爾瑪都會提議用猜拳來決定。

因為不必做什麼準備就能分出勝負，所以現在伊娜他們也幾乎都會一起猜拳。

在這個世界遇到這種情況時，通常都是用抽籤或丟銅板來決定，但還是用猜拳比較省事。

「欸——！猜拳？」

唯一的例外只有艾爾，他似乎很不想用猜拳來決定。

這是因為艾爾非常不擅長猜拳，我從來沒看過艾爾猜拳贏過。
反倒是經常目擊他因為猜拳輸給薇爾瑪，所以點心被搶走的場面。
「感覺這只對我一個人不利……」
「現在才要開始做籤也太麻煩了。」
為什麼艾爾猜拳這麼弱呢？
明明每個人的運氣總量應該都差不多。
「總之時間寶貴，就用猜拳決定吧。」
「真沒辦法，這次有新手在，我應該不至於會輸吧。」
艾爾也勉強答應，於是我們開始猜拳決定誰要去轉轉盤。

猜拳完後，過了約三個小時。
「9995！9996！打不開！」
不出意料落敗的艾爾，專心地旋轉門上的數字轉盤。這段期間，剩下的成員不是在監視，就是在休息。
要是三小時都繃得緊緊的，身體會受不了，所以除了負責監視的人以外，大家都在享受艾莉絲準備的茶和點心。
「這個巧克力點心不會太甜，非常好吃呢。」

「這是艾戴里歐先生送的試做品。」

「那個人還真是勇往直前呢。」

伊娜對艾戴里歐先生的商人氣魄感到佩服。

因為至今不管做什麼都幾乎不會失敗，所以他應該暫時還會維持這個步調。

「不過對艾爾真不好意思。」

「誰叫他要輸。」

「薇爾瑪還是一樣毫不留情呢，雖然我也完全不想代替他。」

「既然是冒險者，就應該要坦率面對自己落敗的事實。」

「由卡特琳娜講這種話，好像很有深度，又好像沒什麼深度。」

「我又不是想要製造這種效果。」

「我說你們啊，居然在別人辛苦的期間……」

儘管艾爾對只顧著喝茶吃點心的女性成員抱怨，但那終究是敗犬的遠吠，根本沒有人理他。

「9997！這個也不對啊！」

艾爾一開始先轉了0000，為了避免最後才發現是9999，他還刻意先轉過這個數字後，再從0001開始轉，結果答案居然是9998。

艾爾當然氣得將從門上取下來的鎖扔到地面。

「作這個的傢伙，性格一定很扭曲！」

「真是不上不下的陷阱呢……」

「與其說是陷阱，不如說是簡單的防盜設備。這個遺跡的主人，應該完全沒想過會有來自外部的入侵者吧。」

「雖然現在被叢林掩埋，但以前或許位於安全的場所內。」

布蘭塔克先生冷淡地回答我的問題。

「你看起來沒什麼幹勁呢。」

「通常只要看見遺跡入口長這樣，幾乎就可以確定裡面沒什麼好東西。」

古代遺跡似乎也有分很多種，如果入口只有相對不難解開的鎖，通常裡面的寶物都不怎麼值錢。

「雖然偶爾也有中大獎的時候……但機率真的很低。」

布蘭塔克先生以前也開過相同的鎖，在進入遺跡後才發現那裡是以前的食材倉庫。

「畢竟是超過一萬年以前的東西，所以什麼都不剩了。」

經過這麼長的時間，食材別說是腐爛了，根本連原形都沒殘留下來。

「因為是位於偏遠地區的遺跡，所以我本來還很期待呢。」

「結果是食材倉庫嗎？」

「也有那種地下遺跡。」

我們以前潛入的那個外觀非常像地下遺跡、但其實更接近古代某個大人物祕密基地的地方算是極端的案例，大部分的遺跡似乎都是具備文化價值的地下建築、個人製作的地下室，或是以前的公共設施。
無論是什麼時代，能留下那種東西的都只有有錢人或政府。
在那裡找到的魔法道具或寶物，都是建造地下遺跡的個人、組織或商會遺留下來的財產或設備。
至於為什麼會集中在魔物支配的領域，那是因為其他遺跡都已經被發掘出來了。
按照布蘭塔克先生的說法，現在只剩下人類不容易進入的地方還有遺跡，這實在是很諷刺。
「在古代魔法文明時代，魔物棲息的領域也有人類居住嗎？」
「大概吧，而且好像也有留下證據。」
即使不是魔物棲息的領域，偶爾還是會在沒人去過的偏僻地方發現遺跡。
去那些地方要費很大的工夫，所以找到的數量也逐漸變少。
「希望是酒的倉庫。」
「你又只因為自己喜歡，就說這種話。」
「如果是酒，那倒還有可能。」
以前曾經發現過古代貴族擁有的地下酒窖，而且保存在那裡的酒也平安無事。
「因為是古代魔法文明時代的上等葡萄酒。所以價格也高到令人目瞪口呆。」
貴族與大商人們，全都爭相進行競標。
「我們就期待這樣的可能性，開始探索吧。」
「為了安全起見，就讓在下帶頭吧。」

考慮到導師就算被魔物突襲也不會有事，我們讓他帶頭，然後我和布蘭塔克先生並肩跟在他後面。

解完鎖打開門後，傳出些微發霉的味道。很有地下遺跡的感覺。

為了保險起見，我和布蘭塔克先生在穿過陰暗的走廊時，也一起使用了「探測」魔法，但這條勉強能讓兩人並肩穿越的狹窄通道，完全感覺不到魔物的氣息。

「果然只是普通的倉庫。」

布蘭塔克先生露出明顯感到遺憾的表情。

要是建造地下遺跡的人非常富有，為了保護遺跡內的東西，應該會配置許多陷阱或魔物。

按照布蘭塔克先生的說法，通常也會設置魔像。

「雖然也有些遺跡是因為年久失修，才會讓魔物跑進去。不過……導師，好刺眼啊。」

「在下的『照明』魔法，也是如果不纏在身上就無法使用！」

「雖然這樣很亮，所以是沒什麼關係。」

由於這條通道愈走愈暗，因此導師使出「照明」魔法。

這個「照明」魔法，當然也是探索遺跡時普遍會用到的魔法。

這魔法通常是讓指尖出現一個光球，但導師是讓光芒纏繞全身，所以看起來莫名明亮。

儘管艾莉絲被世間稱為「光輝女神」，但導師怎麼看都是「下達天罰的光輝巨人」。

因為要一直讓全身發光，所以魔力效率應該也很差。不過以導師的魔力量來說，應該是沒什麼好在意的。

「又遇到上鎖的門了。」

帶頭的導師，又發現一扇上鎖的門。

而且這次裝的，看起來是要用鑰匙開的普通鎖。

「只能直接破壞了！」

「這次應該只能破壞了吧？」

因為沒探測到陷阱，而且也不曉得鑰匙放在哪裡。

由於鎖本身看起來類似普通的掛鎖，不是什麼貴重物品，所以布蘭塔克先生才判斷可以直接破壞。

「那麼……」

「請等一下。我會使用『開鎖』的魔法。」

就在導師打算徒手破壞那道鎖時，卡特琳娜提出別的方法。

「喔，妳居然會使用這麼稀奇的魔法。」

也難怪布蘭塔克先生會感到佩服。

雖然這個「開鎖」魔法很方便，但學起來非常困難。

必須先將自己的部分魔力固體化，再配合鎖變成鑰匙的形狀，這樣就能在不破壞鎖的情況下開鎖。

由於需要非常精密地控制魔力，換來的成果卻不怎麼樣，所以大部分的人馬上就會放棄學習，很少有人會使用。

「只要會這個，就能獨自潛入遺跡。」

「無論是再怎麼厲害的魔法師，單獨進入遺跡還是很危險。」

「我知道。拜此之賜，我一直都沒有使用的機會……」

即使是卡特琳娜，也只能坦率地聽從布蘭塔克先生的忠告。

畢竟布蘭塔克先生無論在魔法師還是冒險者方面都是老前輩，同時也是個經歷無可挑剔的超一流人物。

再來就是被他評論為厲害的魔法師，也讓她覺得很高興吧。

「我有幾個好友是公會總部的幹部，所以有聽說過『暴風』的傳聞。」

根據傳聞，卡特琳娜在統率王國西部的霍爾米亞藩侯領地內的冒險者預備校以首席成績畢業，並且才一年多就成為西部地區最強的魔法師。

「我都不知道。」

「小子真的對其他冒險者沒興趣呢……」

與其說是沒興趣，不如說我這幾年都過著沒空在意別人的生活。

就連好不容易考上的冒險者預備校，都只去了幾個月。

雖然我姑且是以在王都的冒險者預備校留學的名義留在王都，但實際上我幾乎沒去上過課。所以不清楚其他冒險者的事情。

冒險者每個人都像是自己的老闆，所以就算不認識其他人也不會造成困擾。

「只要自己會賺錢就行了吧。」

「是這樣沒錯。」

相對地，我因為身為貴族所附加的種種枷鎖而吃了不少苦頭。

「啊，可是卡特琳娜成為冒險者也才一年多吧？」

「你有什麼意見嗎？」

「那妳的年齡應該跟我們差不多吧？」

雖然外表看起來約十八歲，但她實際上似乎才十六歲。

「我懷抱著讓威格爾家重新復興為貴族家的遠大志向！這份責任感也體現在我的外表上！」

總而言之，她想強調自己不是外表老氣，而是成熟吧。

為了這個目的，她在知道自己會用魔法後，就一直獨自拚命修練魔法，在十二歲進入冒險者預備校就讀前，她就在靠狩獵賺錢。

就連在冒險者預備校時期，她也是不斷狩獵賺錢，當然這段期間她也努力修行魔法，現在也因為魔力仍在增加，而沒有怠於修練。

「聽起來跟以前的威爾好像……」

聽完卡特琳娜得意地述說以前的事情，艾爾低聲闡述感想。

我曾經和艾爾提過以前的生活，卡特琳娜的經歷跟我非常相似。

「（原來如此……卡特琳娜以前也跟我一樣是孤單一人啊……）」

不對，她現在一定也是孤單一人。

畢竟她沒跟任何人組隊，自己一個人當冒險者。

「『開鎖』也是因為未來找到同伴後可能用得到，所以才特地學會的吧……卡特琳娜，妳真了不起。」

「什麼啦！講得好像人家沒有朋友似的！」

「實際上妳有嗎？」

要是有的話，請務必介紹給我。

「好，來準備開鎖吧！」

卡特琳娜無視我的問題，開始開鎖。

從這個蒙混方式來看，我發現她應該真的沒有朋友。

「打開了。」

「好快。」

「只要交給我處理，這點程度的鎖根本不算什麼。」

「明明無法獨自潛入遺跡，虧妳還能練到這種程度。」

「我差不多要生氣囉！」

「抱歉抱歉，哎呀，感覺就像個可靠的大姊姊呢。」

「這點程度是理所當然的。」

因為過於得意忘形而惹卡特琳娜不高興的我稍微誇獎她一下後，她馬上就恢復心情。

我們只花十秒就解開鎖，然後繼續深入地下遺跡。

走了一段時間後，通道馬上又到底了。

「又沒路了？」

「不，這裡有設魔導電梯。」

「魔導電梯？」

「用魔力送人到下方樓層的便利裝置。」

布蘭塔克先生替困惑的伊娜說明。

所謂的魔導電梯，簡單來講就是靠魔力運作的電梯。

雖然偶爾會出現在古代遺跡內，但絕大部分都無法正常運轉。

「這個還能用呢，真難得。」

布蘭塔克先生一將手伸向前方牆上積滿灰塵的按鈕，原本以為是石壁的地方就橫向開啟。

這構造的確和電梯很像。

「這按鈕上寫著『開』呢。」

下面還有另一個寫著「關」的按鈕，根本就和電梯一模一樣。

走進開啟的門後，牆上除了「開」和「關」以外，還有代表樓層的數字鍵。

「這裡是一樓，最多到地下二十樓啊。」

「這裡其實是個大遺跡嗎？」

「應該是個大倉庫。按鍵很單純，幾乎可以確定沒中獎。」

布蘭塔克先生推測這裡應該是收納食材或服飾的倉庫。

在古代魔法文明時代，似乎有許多資本雄厚的商會擁有大規模的倉庫。

「因為裡面的東西都沒了，所以不值錢嗎？」

既然都過了一萬年以上，儲存的食材或衣服當然不可能平安無事，所以這類倉庫似乎大多都是空的。

「魔導電梯或許能賣錢。」

魔法道具公會，很可能會為了研究買下來。

「研究嗎？」

「嗯。王城不是沒有設置魔導電梯嗎？這個魔導電梯也是失傳的技術，魔法道具公會將魔導電梯解體研究後，就全都沒辦法再用了。」

少數保存下來的魔導電梯，都因為這樣而壞光了。

「這構造看起來沒那麼複雜啊。」

研究者們似乎是無法重現用按鍵指定特定樓層後，就讓魔導電梯在該處停下的機能。

此外在電梯門關閉夾到人時，雖然前世的感應器會自動將門打開，但這個世界當然無法重現那種技術。

不如說古代魔法文明能重現這點，真的是很厲害。

「如果是能將行李從一樓搬到二樓的電梯，那王城後面也有。」

不過那終究是搬行李用的，而且光是這樣就貴得非常誇張。

生產的數量也不多，只有王城、部分公共設施，或是大貴族與大商人才有。

「行李專用啊。」

「魔導電梯保養起來也是需要技術和錢。即使是大貴族，也有很多人乾脆地認定不需要。我們家的領主大人也沒有。」

這麼說來，我的確沒在布雷希洛德藩侯家看過電梯。

「已經到底下的樓層了！是誰摸我的屁股！」

「啊，是我。」

「你就不能再多表示一點歉意嗎！」

「我有什麼辦法！這裡很窄啊！（話說也只有皮革的觸感……）」

儘管電梯比想像中寬敞，能一次容納所有人，但人數一多就會變得很擠，害我的手摸到卡特琳娜的屁股。

「喂，是誰摸到我的胸部？」

「大概是我。咦？胸部？」

「布蘭塔克大人，我晚點可以揍你嗎？」

「對不起啦！」

雖然在擁擠的電梯裡發生了一些意外，但我們還是平安抵達地下一樓。

「又只有走廊？」

「是典型的地下倉庫呢。」

眼前是寬約三公尺，看不見前方的漫長走廊，而兩側每五十公尺就有一組跟剛才的電梯門一樣，寫著「開」與「關」的按鈕。

「門的動力也是魔力嗎？」

「應該吧。再來是……真稀奇！這是魔藏庫啊！」

「是魔藏庫嗎？」

就算是我，也知道什麼是魔藏庫。

簡單來講，就是魔法袋的倉庫版。

相對於以小袋子收納大量物品的魔法袋，魔藏庫是將物品保管在房間裡，再裝上能防止房間內的物品經年劣化的魔法道具。

這個機能只有在打開門拿裡面的東西時會暫停，等門一關上，內容物的時間又會再次停止流逝。

我以前曾在書上看過，這東西在古代魔法文明時代，和冰箱一樣普及。

「不過那麼久以前的魔藏庫，現在還有在運作嗎？」

「有啊，畢竟是魔法道具。」

在古代魔法文明時代的遺跡發現的魔法道具，即使外表看起來多少有點老舊，通常依然能夠使用。

畢竟原本就大多是設計成要長期使用，而且絕大部分都有施加防止經年劣化的魔法。

不過再怎麼說都是超過一萬年以前的東西，只要沒有施加這種魔法，就算找到也不能用。

「你看按鈕下面。」

「啊，魔晶石在發光。」

既然在發光，就表示防止經年劣化的功能仍在運作。

「喔，居然能維持這麼久。」

「應該是有技術高超的魔法道具工匠參與建設吧。」

布蘭塔克先生向艾爾說明，技術高超的魔法道具工匠製造的魔法道具不只是性能，就連裝在上面的魔晶石的能量消耗效率都特別優異。

「不過可是過了一萬年以上耶。」

「防止經年劣化的功能不怎麼消耗魔力。不過製作起來非常困難……」

所以我才能順利從師傅那裡繼承魔法袋和裡面的內容。

「魔藏庫消耗的魔力不像魔法袋那麼多。」

魔法袋具備將物品儲藏在於袋內設置的異次元空間，以及從那裡自由取出內容物的功能。

實際上裝在門內側用來補給魔力的魔晶石，大小也只跟壘球差不多。

既然能用那種尺寸的魔晶石運作一萬年以上，可見魔力的消耗效率遠比魔法袋要好。

「從遺跡裡發掘出來又能夠使用的魔法道具，也大多是裝在這種還在運作的倉庫裡。看來或許意外地中大獎了。」

我們馬上打開最近的門，進入魔藏庫內。

裡面是個寬五十公尺，深一百公尺，天花板約五公尺高的房間，而且只要一進去，魔法道具的照明就會自動點亮。

地板、牆壁和天花板，都是由類似大理石的白色石頭製成，上面畫了許多看似精密魔法陣的圖案。

看來那應該就是防止經年劣化用的魔法陣。

「果然還在運作。」

雖然房間裡堆了大量木箱，但每個看起來都不像是超過一萬年以前的東西。

因為木頭還是白色的，看起來就像全新的一樣，而且室內也開始傳出木頭獨特的香味。

「時間又再次開始流動了。」

按照布蘭塔克先生的說明，時間的流逝只有在門開著的時候會恢復，因為木箱都是新的，所以會開始發出和當時一樣的味道。
「意思是時間只有在搬運裡面的東西時會流動嗎？」
「門背面也有畫魔法陣吧。只要一開門，防止經年劣化的魔法就會停止。」
「這樣算方便嗎？」
魔法道具公會的人似乎也想過這個問題，而這好像就是魔藏庫無法普及的最大原因。
雖然魔藏庫消耗的魔力的確不多，而且只要一啟動就能長期使用，不過製作時需要進行大規模的倉庫工程，除了必須在內部鋪滿特殊石材，還必須畫滿獨特的魔法陣。
考慮到初期費用，性價比可以說是遠低於冷藏庫。
「這麼說來，艾戴里歐買的好像也是大型冷藏庫。」
我聽說他為了儲藏味噌和醬油，買了一個設置在地下的大型冷藏庫。
「因為魔藏庫裡的時間不會流逝，所以感覺很適合儲藏生鮮食品，但只要一開門，時間就會繼續流逝。」
即使將大型倉庫做成魔藏庫保管大量的生鮮食品，到頭來每次取貨時，時間還是一樣會流逝，要是沒有控制溫度，商品很快就會壞掉。
既然如此，那還是小型冷藏庫要便宜許多，如果要保存的量多到一定程度，那魔法袋不僅比較省空間，搬運起來也比較輕鬆。
不上不下的魔藏庫，現在也完全沒有普及。

「就算長年保存衣服或雜貨也沒什麼意義。」

「那以前的人為什麼要用魔藏庫呢？」

「這個……應該能當成提示吧？」

雖然不是想要回答卡特琳娜的疑問，但我在門旁邊的牆壁發現一張小桌子和書櫃。

書櫃上放了大量用繩子綁起來的紙張，內容看起來是儲存在這個倉庫的物品清單。

「跟預測的一樣，是瓶裝酒、衣服和生活雜貨啊。」

雖然是古代的東西，但狀態接近全新，應該能賣不少錢。

「吶，威爾。這個不是清單喔。」

我們分頭確認那些紙張的內容，然後露易絲似乎找到了別的資料。

「我看看。『首都區郊外的大型購物中心，將盛大舉辦優惠活動！一折或兩折是理所當然！新型節能魔法道具，也將以超便宜的價格大量釋出！在這裡沒有買不到的東西！』啊……」

看起來像是廣告傳單，而且內容還讓人聯想到日本。

不如說同樣是古代魔法文明的遺跡，感覺這裡和王都周邊的遺跡不太一樣。

「威爾，我找到這座地下遺跡的資料了。」

細心地閱讀資料的伊娜，似乎發現了記載這座地下遺跡真面目的文件。

我拿過來確認後，發現這座地下遺跡似乎是這張廣告傳單上寫的購物中心專用的地下倉庫。

「呃，簡單來講就是大型量販店的倉庫。」

關於古代魔法文明，現在仍有許多連研究者們都不清楚的地方，但至少能確定當時魔法道具比現在還要大量普及，生活也十分富足。

像前世的日本那樣大量普及便宜商品的結果，就是價格持續下跌，商品庫存愈來愈多，對業者的經營造成負擔。

業者自然地被淘汰，分化成主打薄利多銷的大資本業者和方便隨機應變的小規模業者兩種極端。

這段期間會有許多業者倒閉，我推測這個地下倉庫，應該就是用來保存從他們那裡低價收購的「庫存新品」。

「（看來古代魔法文明時代意外地難討生活呢……）總而言之，看來這間倉庫儲存了大量商品？」

「既然有到地下二十樓，應該有很多吧！」

導師立刻打開一個木箱，拿出裡面的酒瓶試喝。

我們的探索行動，還停留在這個地下一樓的第一個房間。

假設每層樓的規模都和這裡一樣，然後有多達二十樓。

實在難以想像到底留下了多少物資。

「導師，請不要在探索行動中喝酒。」

「這酒還很年輕呢。沒辦法，畢竟是放在魔藏庫裡。」

雖說是試飲，但導師一口氣就把整瓶酒喝光了。

不過導師當然不可能這樣就醉，他的臉色毫無變化。

「艾莉絲大人，我肚子餓了。」

「好好好，我現在就拿點心出來。」

「謝謝妳，艾莉絲大人。」

因為探索的遺跡裡完全沒有魔物的蹤影，薇爾瑪似乎閒得發慌。

現在正好快到中午，艾莉絲將自己烤的餅乾交給薇爾瑪。

簡直就像個愛照顧人的大姊姊和愛撒嬌的妹妹。

「看來中了大獎，只要有這些錢和功勞……」

「女性無法成為貴族吧。」

「這個國家真的太封閉了！」

雖然還沒全部調查完，但這麼多的物資，應該能賣到不少錢。

然而基於女性無法成為貴族這條王國不成文的規定，讓卡特琳娜變得相當吃虧。

她是個優秀的魔法師，所以我是覺得例外讓她成為貴族也無所謂……

「（導師，這樣下去的話。）」

「（她有可能會流亡到其他國家……）」

阿卡特神聖帝國，似乎也承認女性貴族。至少那裡現在有幾名貴族是女性。作為最後的希望，卡特琳娜有可能會流亡到帝國。

要是讓像她這麼優秀的魔法師流亡到帝國，或許會對王國造成很大的打擊。

「我才不會逃亡，因為我還有必須保護的家臣們和家人。」

卡特琳娜的老家威格爾家，在祖父那代因為拒絕王家遷移領地的命令——其實是因為派系鬥爭的餘波，而被剝奪了領地與爵位。

她所說的家臣們，是指侍奉威格爾家的侍從長以下的家臣與其子孫，即使那裡後來成為王國的直轄地，他們依然頑固地守護那塊領地，期待威格爾家有一天能夠以貴族的身分回歸。

光聽就覺得他們的忠誠心很恐怖。

「祖父不可能違背陛下的命令！這都是那個手段惡毒的盧克納侯爵家搞的鬼！」

按照卡特琳娜的說明，現在的盧克納財務卿的上一代當家，為了削弱同屬財務派閥但關係惡劣的李林塔爾伯爵的勢力，在背後動了一些手腳。

雖然很少見，但擔任地方領主的威格爾家當時是身為名譽貴族的李林塔爾伯爵家的附庸。

因為領地離王都近，彼此又有姻親關係，在緊要關頭時，李林塔爾伯爵能期待威格爾家帶來一定程度的兵力，但威格爾家也因此成了盧克納侯爵家的眼中釘。

中央的名譽貴族起爭執時，能夠輕易動員數十名人力的地方貴族的存在就變得很重要。

「那個人招來了許多怨恨呢。」

「所謂的大貴族，本來就會有一定數量的敵人！」

而且在威格爾家被貶為平民時，兩家的當家可說是死對頭，不過在當家換人後，關係似乎就沒這麼惡劣。

「兩家應該有試著修復關係吧。」

「畢竟比起祖先的怨恨，還是要以眼前的利益為優先！」

按照導師的說法，貴族家間的關係，偶爾會在當家換人後產生極大的變化。

不過相對地也有灌輸繼承人「對方是不共戴天的敵人，絕對不能原諒！」，導致關係持續惡劣了好幾百年的貴族家。

「在領地剛被沒收時，李林塔爾伯爵家也有伸出援手……」

明明約好「一定會讓你們取回領地和爵位」，結果當家一換人就被捨棄了。

在那之後，家臣們都繼續住在那塊土地，一面擔任名主，一面拚命支持沒落的威格爾家。

大概是因為威格爾家和盧克納侯爵家和好了，所以李林塔爾伯爵家才會捨棄他們。

為了大利益而捨棄小利益。

無論在哪個世界，這都是常有的事情。

「為了回報家臣們的恩情，我無論如何都必須成為貴族！」

話雖如此，這樣下去卡特琳娜不可能成為貴族，或許就是這方面的焦慮，才導致她一開始那傲慢的態度……當然也可能她的個性原本就很剛強。

當冒險者時之所以選擇西部當活動據點，應該也是因為離王都太近會惹來許多麻煩。

「總而言之，這方面的事情晚點再說，先帶寶物回去吧。」

布蘭塔克先生說得沒錯，我們吃完午餐後，將地下倉庫的所有房間都繞了一圈，同時回收保管在這裡的物資。

儘管也有許多魔法道具，但這可以事後再確認。

雖然不太可能，但要是留在這裡，結果被其他冒險者搶走也很討厭。

「一層樓有二十間大小相同的魔藏庫，二十樓就是四百間……真多呢。」

「公會的人鑑定起來應該會很辛苦吧。」

「那是他們的工作。」

布蘭塔克先生乾脆地回答。

「雖然冒險者公會是不可或缺的存在，但他們依賴我們的成果維生也是事實。就算讓他們忙一點，也不需要在意。」

「不過，布蘭塔克先生。」

「什麼事？伊娜姑娘。」

因為最近布蘭塔克先生拜託伊娜別再叫他「大人」，所以後者開始正常地叫他「先生」。

「根據這份資料，這裡好像是第四地下倉庫。」

「還要再繼續搜索啊……」

我將本來預定要明天開始的工程延期，參加搜索周邊的行動，結果又成功發現八個同樣外觀是地下遺跡的倉庫。

所有倉庫的設計都一樣，有完整的二十間魔藏庫與二十層樓。

然後倉庫裡面裝滿了大量物資。

「以前剩下的東西還真多呢。」

艾莉絲看著大量各式各樣的物資，坦率地陳述感想。因為她有在當義工幫助貧窮的人，所以應該有許多感觸吧。

「至少這裡看起來是這樣。」

按照布蘭塔克先生的說法，魔之森內的遺跡似乎和其他地區的遺跡有些根本上的不同。

這裡的設計的確和一般的地下遺跡不同，怎麼看都是用來收藏大量物資的地下倉庫。

從不惜設置能防止物資劣化的魔藏庫來看，或許古代魔法文明的人在某些方面，也有像日本人那樣的潔癖症也不一定。

「雖然都叫做古代魔法文明，但該不會這地區是屬於其他國家吧？」

「當時姑且好像是統一的國家。」

根據專家的研究，中央地區似乎存在穩固的王政國家。

「那就是屬國、自治領地，或衛星國囉？」

「有這個可能。」

不過這方面的歷史真相，只要交給王國的研究者調查就行了。

我將發現的八個倉庫的所有物資都收進魔法袋裡，在重新封鎖入口後返家。

「我已經受夠轉盤了……我明明規矩地從0000開始轉，結果答案居然是9987，這根本是在找碴……結果下次從9999開始轉時，答案卻是0007……」

只有猜拳一直輸，靠自己的力量打開八個地下倉庫的轉盤鎖的艾爾，看起來好像有點魂不守舍。

第四話　新家臣們與卡特琳娜

「卡特琳娜，有指名要給妳的委託。」

「威德林先生，你這樣也太假惺惺了！那個委託人不就是你嗎？」

「是這樣沒錯，明明是用我的名義指名妳，但和我本人完全沒有關係，真是不可思議呢。」

「哪有這麼不負責任的！」

「羅德里希用人意外地不留情面……啊，其實也不意外啦。」

雖然剛認識這個沒落貴族的少女卡特琳娜時，她曾經和伊娜起爭執，並因此衍生了一場狩獵比賽，但之後我們一起探索導師發現的地下遺跡，不知不覺間就變得會一起行動了。

她似乎有一套關於貴族的原則，而這點也表現在她的打扮和言行上，或許是因為她並非真正的貴族，所以給人的印象有點不太搭調。

卡特琳娜希望利用自己的魔法復興家門，因此她最優先的行動方針，就是引人注目和成為知名冒險者。

在我面前侮辱伊娜他們，並向我發起挑戰，好像也是因為這個理由。

不過對卡特琳娜而言，勝負的結果已經不重要了。
因為導師擅自參賽，而我和卡特琳娜都贏不了他。
「該不會他其實是想讓我們和解，才刻意插手吧？」
「從他的外表來看，我實在不這麼認為。」
「不能用外表來判斷一個人吧。」
「那導師真的是為了讓我們和好，才特地介入嗎？」
「怎麼可能。卡特琳娜說的話真有趣。」
「明明是威德林先生先提出這個可能性！」
雖然不曉得導師的真意，但勝負結果真的變得無所謂也是事實。
在那之後，儘管是用平常的語氣，但隨著卡特琳娜向大家道歉，這場爭執也宣告結束。
由於我再次從羅德里希那裡收到土木工程的委託，因此改由卡特琳娜和艾爾他們一起進入魔之森。
「布蘭塔克先生也很忙，所以就由我來擔任各位的護衛。」
儘管語氣跟平常一樣，但這似乎是她掩飾害羞的方式。
實際上一起出門後，五個女孩子也是吵吵鬧鬧地，一起開心地進行狩獵和採集。
「吶，威爾，至少再多加一個男性成員吧……」
「我沒有這方面的門路，所以你自己找吧。要是有不錯的人選，我就答應。啊，當然還需要取得艾莉絲他們的許可。」

「就是因為這種人不容易找，我才會來找你商量啊。」

在我們與卡特琳娜和導師舉辦過狩獵比賽後，在魔之森附近設置的幾個冒險者分部，開始有許多冒險者聚集。

這是因為在那場比試中取得的大量魔物素材、水果、可可豆和貴重的草藥等，都在王都的冒險者總部主辦的拍賣會上賣到高價。

尤其是那個白化種的劍齒虎，兩頭都被王家花大錢買了下來。

其他劍齒虎也被幾名大貴族標了下來，目前王都似乎開始盛行「有飛龍頭是理所當然。身為貴族，家裡居然沒有劍齒虎的毛皮……」的風氣。

結果貴族們開始以高額的報酬向冒險者公會提出委託，許多冒險者也因此聚集到魔之森。

魔導飛行船的票價，最便宜也要一枚金幣，也就是一萬分。

魔之森現在被當成即使必須付這筆錢也值得，非常有賺頭的狩獵場。

即使無法狩獵劍齒虎，其他魔物的單價也很高，只要採集到一定數量的水果或可可豆，同樣也能賣到不錯的價錢。

現在冒險者公會分部周邊正迅速發展成城鎮。

再來就是那座地下遺跡的存在。

正確來講，應該說是古代魔法文明時代的大型購物中心。

我們發現了八個用來收藏庫存並附有魔藏庫的大型地下倉庫，大量物資仍維持當時的狀態在那裡沉眠。

雖然也有許多生活雜貨，但像衣服或內衣之類的商品，品質遠比現在要好，因為數量龐大，所以應該能賣到不少錢。

實際上我現在穿的襯衫和褲子，就算被上級貴族當成便服穿也沒什麼好奇怪的。

此外雖然設計和現代不同，但我們也找到了許多西裝和禮服。

那裡也有儲藏休閒服，我覺得這方面的衣服反而比較像地球的東西。

試穿過那裡的西裝打上領帶後，讓我有種彷彿回到前世上班族時代的感覺。

如果再穿上皮鞋，拿個公事包，我甚至會產生必須趕緊去上班的錯覺。

那裡也有許多女性服飾和裝飾品，另外也有園藝用品。

花、蔬菜和穀物的種子數量非常龐大，之後將在鮑麥斯特伯爵家專用的實驗農場進行栽培，確認是否比目前在王國內栽種的品種還要優良。

在魔之森採到的可可豆和水果的栽培實驗，也是委託這裡進行。

不過這樣實驗農場就有擴大的必要，所以我預定要再找時間去那裡進行土木工程。

除此之外，還有各式各樣的生活雜貨、玩具、酒、食材、家具、書籍和工具。

由於數量實在太多，現在羅德里希他們正和公會的職員們一起盤點數量。

原本應該由公會統一收購，再讓我們上繳一筆錢給公會，不過因為數量異常地多，所以公會判斷不可能全部收購。

只要研究這些物資，就能製造出許多新東西，因此身為這個地區的領主，也不可能允許公會獨占這些成果。

特別是羅德里希對這點很囉唆，所以最後到只讓公會幫忙估價，再讓我以現金繳一筆錢給公會。

順帶一提，魔之森的上繳金額是估價的一成。

儘管比例非常低，但這是羅德里希巧妙看穿公會的弱點才談到的成果。

而公會也必須配合收入向我們納稅，扣掉這些錢後，我這邊的負擔其實比想像中還要少。

話雖如此，也是足以讓一般貴族頭痛的金額。

正式的估價要之後才會確定，因為還有許多魔法道具需要鑑定。

由於是販賣各種商品的大型購物中心的倉庫，因此當然也收藏了大量魔法道具。

例如冰箱、冷氣、洗衣機、火爐、烤箱和盥洗臺等。

此外還有許多布雷希洛德藩侯交給布蘭塔克先生使用的魔導行動通訊機，性能和魔力消耗效率也遠比王國現在使用的產品優良。

同樣放在倉庫裡的廣告傳單上還寫著「當天締約安心魔導行動通訊機」、「辦理新機，契約免費」等內容。

這個廣告傳單的內容，讓我稍微想起日本。

再加上我們還找到了幾百輛汽車、卡車、機車和小型耕耘機等魔法道具。

根據同時找到的帳簿，這裡面有新貨，也有二手貨，甚至還有向倒閉業者低價收購的便宜商品。看來以前的魔法道具雖然發達，但庫存過多的業者，也被迫面臨嚴峻的競爭。

例如在魔導行動通訊機方面，有個叫「索妮亞」的工房作品不僅性能好，造型也很棒，但除了新貨以外，我們也找到了雖然有點損傷，但性能相差無幾的二手貨。

然後還有個叫「索米亞」的品牌，他們的商品不僅造型隨便，魔力效率也很差，果然這部分也讓我隱約回想起地球。

這大概是為了讓人誤以為是一流工房「索妮亞」的產品，然後買回去的作戰。

不過就連「索米亞」製造的產品，性能都遠比現在的魔導通訊機好。

總而言之，這些在這個世界都算是極為昂貴又貴重的東西。

一想到或許能再找到其他倉庫，許多冒險者都蜂擁前來魔之森。

雖然有活力是件好事，但也令人擔心治安或許會同時惡化，為此我們也緊急增設了警備隊。

然後又有新的士兵和儲備幹部加入了。

「好久不見，鮑麥斯特伯爵大人。」

首先是導師的三男，高爾內略・克里斯多夫・馮・阿姆斯壯。

他今年十九歲，原本是在王國軍工作。

儘管我還住在王都時曾跟他見過幾次面，但沒想到他會來這裡。

因為阿姆斯壯家對王國軍來說是舉足輕重的人物，軍中也有許多他們的親族。因此以他們的人脈，要為導師的三男留個位子可說是輕而易舉，更重要的是阿姆斯壯家直系的男子大多擁有優秀軍人的資質。

高爾內略也是將來備受矚目的其中一人，大家都認為他能在軍中擔任幹部。

「我和爸爸一點都不像，所以就算不留在王國軍也沒關係。」

導師的繼承人，是同樣隸屬軍方的長男，那個人繼承了阿姆斯壯家男子代代的傳統，長得和導師與他的伯父阿姆斯壯伯爵非常像。

不過次男以下的男子好像全都是像太太，包括這位高爾內略在內，他是個身高約一百八十公分的爽朗好青年。

是和給人悶熱印象的導師風格完全相反的類型。

「此外我的堂兄弟，也就是伯父的三男費利克斯也要麻煩您照顧，嘴巴比較壞的人甚至說這次是要大規模地處分那些軍閥多出來的兒子呢。」

這個費利克斯正確地繼承了阿姆斯壯家男子的傳統，是個堪稱肌肉壯漢的年輕人。另外薇爾瑪的哥哥，亞斯哥罕準男爵家的三男也一起來了。

「因為他們家讓薇爾瑪小姐當艾德格軍務卿的養女，所以馬上就利用這層關係去找艾德格軍務卿了。」

雖然大家的確都是靠關係，但因為都是軍人世家的孩子，所以都經過相當的鍛鍊。

士兵裡也有許多前冒險者，可說是最適合專門應付血氣方剛的冒險者的警備隊業務的人才。

那個肌肉軍務卿即使靠關係把人推給我，還是有稍微挑選過人才。

「話說我爸呢？」

「在打工。」

「畢竟又有弟妹要出生了……」

因為父親太過自由造成的反動，導師排行較前面的兒子們大多都很有常識。

這大概是太太們的教育方針。

也可能是導師被當成了負面教材。

「話說亨瑞克哥哥似乎有好好在做生意。」

「畢竟雖然只是小型，但他還是有自己的魔導飛行船。」

亨瑞克是導師的次男，就貴族之子來說，那個人很難得地以商人的身分，在未開發地中到處跑來跑去。

他在布雷希柏格收購大量物資，再運到未開發地的工程現場或魔之森附近的城鎮，以賺取差價。

「因為他買魔導飛行船的錢，是跟爸爸借的。」

亨瑞克以前似乎是在王都周邊做些小生意累積經驗，在得知未開發地急速開發後，認為這是個機會的他，隨即跟父親——亦即導師借錢買了艘小型魔導飛行船。

「儘管沒有利息，但要是欠債不還，一定會被打死。」

「他的確給人這種印象……」

感覺即使是導師的兒子，也沒辦法跟他賴帳。

不過高爾內略又補充說明那筆借款並沒有設定期限，而且亨瑞克目前有賺錢，所以應該不必擔心。

「總而言之，得避免讓冒險者們引發騷動。」

「為了避免被那些傢伙小看，必須嚴格取締才行。」

雖然長得不像，但這方面果然還是繼承了導師和阿姆斯壯伯爵的血統。

要是警備隊被瞧不起，導致冒險者任意妄為的確很令人困擾，所以高爾內略的意見也沒錯。

「那麼，我們立刻前往現場。」

在經過以上的對話後，高爾內略率領警備隊前往當地。

即使難免會有一些壞傢伙，讓人休息的城鎮還是平靜一點比較好，這麼一來又會有新的優質冒險者聚集，魔之森的狩獵和採集也能有所進展。

最後聚集而來的冒險者和金錢都會愈來愈多，能徵收的稅金也會增加，讓開發更有進展。

我按照羅德里希的指示進行土木工程，不斷縮短開發時間和節省費用。

每個星期有一半是在進行土木工程，另一半是在魔之森狩獵，剩下的一天則是用來休息，我不斷持續這樣的循環。

當然這並非由我決定，而是由羅德里希和新的家臣們決定。

只要由我來進行基礎工程，鮑麥斯特伯爵家的現金減少速度就會變慢，而我以冒險者身分賺來的錢，又會讓開發資金增加。

儘管在資金調度方面沒有遭遇困難，但感覺也像是以有一天拖一天的方式在經營。

然後我又多了一名土木工程魔法的同伴。

當然那就是希望復興家門的卡特琳娜。

「要在這裡挖一個深洞嗎？」

「嗯，因為要移動那個魔藏庫。」

結果導師發現的地下遺跡是物資保管庫，而且還是有設置防止內容物經年劣化的魔藏庫的優良倉庫。

再加上後來又發現了八座一樣的設施。

雖然我們姑且先將裡面的物資都收進魔法袋，但由於量實在太多，就連負責計算的羅德里希他們都大喊吃不消，本來想暫時先放在倉庫裡，但倉庫早就已經被裝滿了。

於是最後便決定將遺跡直接從魔之森搬來這裡。

只要準備好魔藏庫，以後儲藏鮑爾柏格的糧食和物資時也不用再擔心經年劣化。

儘管考慮到成本，我實在不想從頭打造魔藏庫，但如果是將原本就能使用的東西搬來，就沒有任何問題。

不過因為布雷希洛德藩侯也跟布蘭塔克先生說想要，然後導師也表示王國想要，因此最後設置在官邸附近地下的，就只有剩下的那七個。

此外負責移建的，依然是那位林布蘭特男爵。

由於他是個大忙人，因此預定要幾天後才會進行移建，為了方便移建，我們決定事先挖個大洞。

雖然全部交給我做也行，但我碰巧認識了另一個優秀的魔法師。

既然如此，那自然會選擇拜託那個人。

「等我復興家門後，也在自家附近的地底埋一個好了。」

「關於妳應得的部分，無論是要現金還是地下倉庫的現有物品都可以喔。」

只是就目前這個時間點來說，即使收下也很難處理。

畢竟卡特琳娜復興家門的志願尚未實現。

「姑且不論挖洞，請不要連其他土木工程都推給我處理。」

「欸——！只有我一個人很麻煩耶。」

儘管卡特琳娜至今都沒用過土木魔法，但我試著教她後，她馬上就能靈活運用，熟練度僅次於她最擅長的風系統魔法。

因為難得遇到其他優秀的魔法師，我們互相分享魔法的技巧，一起鍛鍊的機會也增加了。

在探索魔之森時，她也一定會同行，反正一起行動的時間很多，所以前陣子她也搬來跟我們一起住了，現在大家都住在師傅的房子，也就是我移建到目前還在建設中的鮑麥斯特伯爵官邸中庭建設預定地的那棟。

「這棟房子只有女性不斷增加呢……」

「艾爾文先生，你對我有什麼意見嗎？」

「沒有……」

因為卡特琳娜還沒有分到之前探索地下遺跡時取得的成果，所以她挺著過大的胸部，主張自己是為了怕我們對報酬動手腳才搬來跟我們一起住。

「好好好，就當成是那樣吧。」

就連最早和她起衝突的伊娜，現在也已經習慣卡特琳娜的語氣。伊娜也發現儘管她平常的語氣是那樣，但其實意外地是個有常識的人。

畢竟她在借住這裡時，還規矩地付了住宿費。

「我再怎麼說也是個貴族！所以不會做那種會被人在背後指指點點的沒常識的事情！既然要住在這裡，那當然要支付費用！至於能夠每天洗澡，或是能跟威德林先生一起進行魔法訓練，都只是微不足道的理由！」

「好好好，妳說得對。卡特琳娜，麻煩妳幫蔬菜削皮。」

「為什麼出身高貴的我要做料理……」

「艾莉絲很會做菜喔。」

「的確……」

卡特琳娜果然很會做菜。

雖然她為了裝飾自己而在裝備上花了很多錢，但在其他地方都很節儉，甚至還自己煮飯和做便當。

根據她的貴族觀，她似乎認為貴族千金不會自己做料理，所以不太喜歡在別人面前做菜，並謊稱自己是讓廚師幫忙做飯。

「輕飄飄好像天鵝喔。」

原來如此，薇爾瑪的比喻非常精確。

雖然天鵝看起來是優雅地浮在水面上，但其實雙腳是在水面下拚命地划動，這點和卡特琳娜很像。

「儘管貴族女性平常不會做料理，但偶爾也要招待家臣和領民。」

如果是領地狹小的地方貴族家，在收割時期似乎會讓妻子或女兒幫忙提供飲食。不過我的老家單純是因為人手不足，所以母親和亞美莉大嫂平常都會煮飯。

「這都是為了將來打算。」

「輕飄飄好會用菜刀喔。」

「薇爾瑪小姐，妳一定要用那個綽號叫我嗎？」

無論如何，女性成員們似乎相處得十分融洽。

雖然鮑爾柏格的官邸還沒蓋好，但師傅的房子已經移到中庭，我們就在那裡生活。

我交替處理開墾業務的土木工程和探索魔之森的工作，艾爾每個星期會找幾天和警備隊一起學習軍隊的事情，伊娜和露易絲則是各自準備開設槍術和魔鬥流的道場。

不過在建設城鎮時，道場的優先順位較低。
畢竟即使沒有道場，也能在附近的草原進行指導。
兩人只有登記為道場的館主，再來只要從布雷希柏格找來代理館長和幾名師傅，就可以將一切都交給他們處理。
「妳們暫時只能掛名。」
布雷希洛德藩侯也特地提醒她們。
總之別離開我身邊，要是沒生下孩子，那間道場可是會關門大吉。
事情就是這樣，那些代理館長和師傅們，平常也兼任警備隊的工作，並在有空時一點一點地教想學的人槍術和魔鬥流。
因為是在執行軍務的同時指導武藝，所以待遇等同於鮑麥斯特伯爵家的家臣。
而兩位代理館長，都是兩人排行較後面的哥哥。
「得救了！這樣就能靠槍術吃飯了。」
「得救了！這樣就能靠魔鬥流吃飯了。」
即使是大貴族布雷希洛德藩侯家，這兩個流派的道場也各只有一個。
雖然身為女性的伊娜和露易絲原本就沒被列在繼承人的候補名單上，但排行較後面的哥哥，也一樣被當成礙事的存在。
因為也有來自外部的弟子，所以無法增加太多師傅的名額，即使有機會繼承其他只有生女兒的同門道場，但這種機會根本是可遇不可求，因此他們似乎跟我們一樣，一離開冒險者預備校就一面狩獵，一面以臨時師傅的身分在道場打工指導弟子。

感覺這部分也和以前的我大致雷同。

「威爾，對不起。」

「唉，這也沒什麼不好吧？」

個性認真的伊娜，似乎對靠關係將哥哥塞給我的事情抱有罪惡感。

「只要他們別計畫把我和伊娜生的孩子拱成我的繼承人就好。」

「我想應該不會發生那種事，因為布雷希洛德藩侯大人會很生氣。」

從我的角度來看，不管由哪個孩子繼承家門都無所謂，但貴族這種麻煩的生物，就是會在意妻子的血統。

陛下也細心地提醒我一定要將和艾莉絲生的第一個男孩立為繼承人。

所以我告訴伊娜如果有人企圖讓她的孩子成為繼承人，那個人一定會被排除掉，還是放棄會比較好。

「哥哥因為得到工作，所以很開心地在和新弟子練習。」

長槍的重要性在戰場上僅次於劍，如果使用者是平民出身的士兵，那更是能勝過劍的主要武器。

因此抽空參加練習的士兵意外地多。

畢竟雖然這裡沒有戰爭，但只要稍微離開鮑爾柏格，就會遇到凶暴的野生動物。

另一方面，露易絲似乎將指導魔鬥流的工作全交給哥哥處理。

「我不擅長指導別人。」

儘管連導師都稱讚露易絲是天才，但天才也有天才的缺點。

她非常不擅長教別人。

「像這種時候，就要適當地將魔力灌注在手臂裡，然後磅──地出拳！」

畢竟就連對象是導師時，她都能若無其事地做出這種連前世的○人軍終身名譽總教練都會臉色發青的指導。

「嗯，原來如此！」

不過導師也是同類型的人，因此似乎覺得露易絲的指導很淺顯易懂。

因為導師的格鬥戰能力之後飛躍性地提升，所以他應該是真的能理解。完全聽不懂的我，在一開始就放棄了。

「不過不愧是能和阿姆斯壯導師競爭下任王宮首席魔導師寶座的艾弗烈大人的房子。」

然後在不知不覺間住進我們家的暴風魔法師卡特琳娜，似乎知道師傅的事情，她第一次見到這棟房子時，就曾發出感嘆。

「妳知道師傅嗎？」

「威德林先生還是一樣欠缺關於其他魔法師的知識。那位大人和阿姆斯壯導師，是被視為唯二無敵的存在……」

至於爭奪王宮首席魔導師寶座的事情，似乎是當時的傳聞。

根據我從師傅那裡聽來的說法，一旦在王宮工作就得過得很拘謹，他原本就不喜歡那裡。

「真虧妳知道那些事，明明妳那時候都還沒出生。」

「在冒險者預備校，不是有堂要學生向過去的偉大魔法師學習，增加魔法種類的課程嗎？」

「我好像隱約有聽過……」

因為沒有正常的講師，所以冒險者預備校的課程幾乎都是丟給學生自己學習。

而且我之後馬上就搬到王都，只有學籍留在布雷希柏格的冒險者預備校，因此沒上過那堂課，連魔法都是接受布蘭塔克先生的指導，幾乎沒在冒險者預備校學過任何東西。

「真是令人羨慕的環境。」

「卡特琳娜現在不是也有在接受修練嗎？」

她現在偶爾也會和我一起接受布蘭塔克先生和導師的指導。

布蘭塔克先生曾經稱讚她是「雖然比小子差一點，但也是幾十年難得一見的天才」。

布蘭塔克先生是布雷希洛德藩侯家的家臣，站在他的立場，卡特琳娜應該算是必須確保的人才。

他似乎非常認真地在指導她魔法。

「而且平常就打扮成這樣，真是厲害。」

「威德林先生，貴族是無時無刻都會吸引周圍注目的存在。」

「雖然或許是這樣沒錯……」

因為打算在被認為幾乎不可能的情況下復興家門，所以卡特琳娜是個自我主張和自尊心都很強烈的女性。

當然魔法的鍛鍊她也沒偷懶，那個洋裝風格的裝備和披風，是為了向周圍的人宣示自己是貴族出身，所以她在家裡時也打扮得和平常一樣。

包含備用的在內，她似乎有好幾套那種洋裝風格的裝備，就算使用的素材和製作費用會因此增加，她還是堅持使用那種洋裝風格的優雅裝備。

儘管也有人覺得可笑，實際上在王都也有貴族認為那很有趣。

因為她在魔法方面很有實力，所以套用日本安土桃山時代（註：指織田信長與豐臣秀吉稱霸日本的時代）的說法，就是被認為很奇葩。

這應該有助於提升她的知名度。

然而她平常的生活卻意外地樸素。

雖然卡特琳娜不會對必要的裝備小氣，但她平常生活都不花錢，只為了自己的目的一點一點地存錢。

結果大家也從卡特琳娜幫忙做菜的樣子，看出她平常有在自炊，直到艾莉絲說會一起幫她做便當前，她每天都穿著那套華麗的服裝在廚房自己做便當。

「她是發燒了嗎？」

此外，第一次看見卡特琳娜做料理的艾爾因為說了一句多餘的話，被風魔法吹到了庭院。

單就這點來看，應該很難讓艾爾和卡特琳娜結為夫妻。

「我之所以和威德林先生一起行動，是為了對害我老家被貶為平民的那個可恨的盧克納侯爵家施壓。」

從住在王都時開始，貴族們就認為我和盧克納侯爵家關係良好。

不過現在流傳我們的關係可能已經因為他弟弟的醜聞而變得疏遠，盧克納財務卿似乎還對周圍的人嘟囔過「感覺頭快禿了」。

再加上過去因為被自己的父親誣陷而沒落的貴族家孫女，現在又住在我家。

站在他的立場，應該只覺得壓力來源又增加了。

「這招真狠毒！」

「那些大貴族才更狠毒呢。」

像卡特琳娜的老家那種小貴族家，只要大貴族有那個意思，隨時都能輕易摧毀。

考慮到這一點，她也算是被害者。

為了在復興家門的過程中不被任何人瞧不起，她一直在拚命努力，結果就造成了她那強硬的個性。

「而且替那些魔法道具估價和分配利益的事情也還沒完。」

雖然我們取得了大量魔法道具，但不僅還沒估價完畢，就連該如何分配利益都還沒決定。

我覺得既然都做出那樣的成果了，就算給卡特琳娜爵位也無所謂，但王國在這方面的對應恐怕還沒那麼靈活。

「距離復興家門，還有很長一段路要走。」

「真是辛苦呢。」

儘管辛苦，但總之卡特琳娜現在似乎已經習慣在我們家生活。

中場一　詭異的存在

我的名字是赫爾曼・馮・班諾・鮑麥斯特。
是剛繼承了某個偏僻領地，初出茅廬的貴族。
不過好運的是，這塊領地雖然偏僻，但鄰接的未開發地正在進行大規模的開發。
再過不久，連接這裡和那個前陣子還是未開發地的鮑麥斯特伯爵領地的道路也會開通，這麼一來和外界的接觸也會增加，為這塊以前被完全孤立的領地帶來活力。
不過至今走來的道路絕對稱不上平坦。
我原本是次男。
出生在貴族家的次男，通常是被當成長子的備胎。
許多人都被視為住在家裡的食客，不是比長男晚結婚就是結不了婚。
直到身為繼承人的長男生下子嗣為止，他們的人生都只能在分配給自己的房間中停滯不前。
我小時候還不懂。
身為繼承人的長男科特雖然平庸，但絕對不是壞人。
不過隨著年齡增長，我逐漸了解領地和家裡的狀況。

身為繼承人的科特備受重視，我則是被隨便對待。

因為父親有納妾，所以後來弟妹們變得愈來愈多，但或許就連他們的待遇都比我好。

由身為正妻的母親生下的弟弟們，都認為反正無法繼承家門，不如早早為離家做準備；由身為妾的蕾拉小姐生下的弟妹們，則是原本就沒被當成貴族。

並非貴族的「藍血」身分，他們將以平民的「紅血」身分成為名主，或是輔佐那位名主，妹妹們則是只要嫁給富農就好。

我則是被當成科特的備胎，在家待命。

儘管我姑且有自己的房間，但對我來說，那只像是沒有鐵欄杆的牢房。

我並不討厭父親和母親，我厭惡的是貴族的規矩。

我將這股鬱悶都發洩在劍術練習上。

不然就是將精神集中在聚集了農家的次男或三男組成的警備隊訓練中，企圖忘記這一切。

這支警備隊平常是用來維持治安，在發生事變時，當然也會成為諸侯軍的核心。

話雖如此，像這種與其他土地隔絕的鄉下領地，很少會出現犯罪者。

雖然我當時沒參加，但除非是像以前那場造成嚴重損害的大遠征，否則諸侯軍也沒有出場的機會。

而且說到警備隊的治安維持活動，其實就是偶爾阻止喝醉酒的領民們打架，或是幫吵得很激烈的夫妻勸架，在這塊領地，即使是這種程度的小事也要出動警備隊。

是只要派幾名隊員過去介入當事人之間，聽他們說話就結束的工作。

再來就是驅除不小心迷路走進田裡的野豬或熊吧。

儘管會跟獵人們合作，但通常在警備隊趕到前，獵人們往往就自行把動物們打倒或趕跑了，所以警備隊的工作量並不怎麼大。

剩下就是定期集合隊員訓練，雖然從第一代開始就訂好了訓練時間，但隊員們平常都有自己的工作。

所以大家從來沒遵守過訓練時間。要是因為按照規定進行訓練，放著田地不管，那就本末倒置了。

身為領主的父親為了增加稅收，凡事都以大規模開墾為優先。

開墾比訓練還重要，我主要也是在幫忙那邊。

「赫爾曼，你今天負責那裡。」

我在父親指定的地點挖土、砍倒礙事的樹，和幾個人一起將樹根連根拔起。

去除巨石和樹木非常費工夫。

不過今天處理的田地，之後將歸為警備隊貢獻良多的海里格所有。

身為三男的他無法繼承老家的田地，所以這次的開墾絕對不能失敗。

「麻煩您了，赫爾曼大人。」

「別這麼說。要是你不留在這塊領地，原本就不怎麼樣的警備隊，不就變得更糟糕了嗎？」

「赫爾曼大人，那是不能說的事實。」

我們和其他一起幫忙開墾的警備隊隊員一起大笑。

大家都是次男以下，彼此的境遇也都差不多。不過比起哀嘆，還是像這樣自虐地大笑，精神上會比較輕鬆。

「我會跟你收一大筆稅，所以不用客氣。」

雖然看不太出來，但今年滿二十歲的海里格，其實是那場魔之森遠征的生還者。

當時剛成年的他，才十五歲就因為三男死了也沒關係這種理由，被老家推舉去參加遠征。

不對，正確來說應該是為了擺脫麻煩。

這方面的問題，不管貴族或農民都沒什麼差別。

坦白講，我甚至覺得真虧當時十八歲的我沒有被派去從軍。

相對地，身為侍從長的叔叔和他的三個兒子都全滅，導致現在本家與分家間也出現一道很深的隔閡。

這種事只要一看那些侍奉分家的隨從，以及因為男丁不夠而過來協助開墾的女性們的眼睛就一目瞭然。

雖然他們都遵從父親的指示，但偶爾會以瞪視般的眼神看向父親與科特。

儘管我也是被他們敵視的對象，但或許這也是無可奈何。

因為叔叔他們的犧牲，我現在才能繼續活著。

「雖然本來還有帶著那筆錢離開這裡的選項。不過既然連那筆錢都被搶走了，那可得確實讓海里格擁有自己的田地才行。」

海里格的劍術並沒有特別優秀，體型也偏向瘦小。

不過他的箭術很好，不僅身體強壯又有體力，精神方面更是堅強。

當時因為年紀太輕而沒什麼地位的他，在遠征軍是擔任傳令。

名義上鮑麥斯特家諸侯軍和布雷希洛德藩侯家諸侯軍是站在對等的立場，但實際上當然不可能是如此。

上一代布雷希洛德藩侯將叔叔他們當成自己家臣的家臣，或是陪臣對待，也因此雙方之間的鴻溝變得愈來愈深。

叔叔刻意讓鮑麥斯特家諸侯軍與布雷希洛德藩侯家諸侯軍保持一點距離。

雖然有一部分是因為待遇，但或許他某種程度上已經預測到自己的末路。

那麼小的勢力居然能有超過二十人活下來，可見一定早就對失敗有所準備。

不過叔叔也不能選擇減少犧牲直接逃跑。

明明布雷希洛德藩侯家諸侯軍都戰敗了，要是鮑麥斯特家諸侯軍沒什麼犧牲，之後很可能會造成問題。

尤其是包含鹽在內的物資來源，都掌握在布雷希洛德藩侯家手上，所以叔叔不能自己逃脫。

他只想盡可能讓年輕人逃跑。

在二十三名生存者當中，所有人都是十五歲到二十歲出頭的年輕人，這已經是叔叔力所能及的最好結果了。

而且他還賠上了自己與兒子們的性命。

但父親的評價卻很尖酸。

「居然讓重要的領民就這樣平白犧牲了。」

表面上，他必須斥責失去了八成戰力的叔叔。

「父親說得沒錯，就不能指揮得再好一點嗎？」

科特哥哥也跟著配合父親，批評叔叔。

科特是個平庸的男人，對父親言聽計從的他，會做出這種發言也是理所當然。

不過這句話，讓我發現科特沒有軍事的才能。

同時我也沒漏看父親瞬間露出遺憾的表情。

父親一定是希望科特能誇獎叔叔吧。

因為身為領主的自己，無法稱讚失去了大半戰力的叔叔。

不過要是他的繼承人能夠誇獎已經盡力讓年輕人回來的叔叔，多少也能緩和分家那些人的怨恨。

這點程度的事情，就連不怎麼聰明的我都能理解。

然而科特卻沒發現。

父親心裡一定很失望。

只能說這種事情，實在應該要事先講好。

「比起這個，得先慰勞那些回來的人。」

儘管覺得這樣有點多嘴，但我還是建議父親應該直接對那些回來的人說些話。

畢竟無法期待科特會考慮到這些事情。

那場遠征讓領地變得人手不足，定期會率領數名領民進行巡邏的我，至少還知道要對自己的手下賞罰分明。

他們可是從那個有八成軍隊都罹難的地獄倖存了下來。

父親應該慰勞他們，不管再怎麼微薄，都該給他們獎賞與休假。

「的確是有這個必要。」

父親贊同我的意見。

事後他也的確這麼做了，或許從那時候開始，他就在計畫將我送進叔叔的分家。

「沒必要讓他們休息。不如說為了讓他們忘掉那個地獄，反而應該要馬上讓他們參與開墾才對。」

雖然科特是那個樣子，但考慮到他的立場，這樣的意見也不能算錯。

倖存下來的年輕人都是次男以下，無法繼承家門。

既然那些死了也沒人會困擾的傢伙運氣好活著回來，就應該馬上活用那些勞動力。

為了領地的發展，這也是必要的決斷，但這是因為他自己是長男，所以才會有這種想法。

儘管能夠理解，但我心情上無法接受。

而且回來的那些年輕人，大部分都受到極大的精神打擊。

叔叔不在時，我曾經率領一些領民進行巡邏，覺得有必要學習如何領導軍隊的我，開始在父親的書房看書。

然後我發現了關於戰爭精神病的記述。

要是在戰場上遇到過於嚴苛的狀況，那些精神受創的人，將再也無法擔任軍人，就是這樣的精神疾病。

根據倖存者們的描述，他們似乎曾被大批魔物夜襲。

拜此之賜，他們變得會對漆黑的夜晚與當時的聲音，產生異常的恐懼。

由於叔叔家的男丁全滅，因此我必須暫時率領人數不多的警備隊，做些類似巡邏的事情。

我本來期待那些有實戰經驗的人能派上用場，但如果是這種狀況，也不能邀請他們加入。

「我沒問題。」

不過幸運的是，有幾名精神特別堅強的年輕人願意參加警備隊。

其中特別堅強的，就是之前提到的海里格。

叔叔指名海里格擔任負責與布雷希洛德藩侯家諸侯軍聯絡的傳令兵。

之所以派最年輕的人過去，是為了盡可能緩和兩軍間險惡的氣氛。

而這個嘗試，也確實產生了一些功效。

儘管布雷希洛德藩侯家諸侯軍的幹部們態度還是一樣跋扈，但那些年紀和海里格的父親差不多的士兵們，似乎都很疼愛會定期過來傳令的海里格。

「你也真是倒楣，被捲進上層那些人的意氣之爭。」

「傳令也能當成練習騎馬，所以我不怎麼在意。」

「你的個性還真好。我們在烤獵到的魔物肉，吃完再回去吧。」

「謝謝。」

「年輕人別客氣，多吃一點啊。」

他似乎像這樣受到下級士兵們的疼愛。

然後到了那個命運之日。

海里格以傳令兵的身分前往布雷希洛德藩侯諸侯軍的陣地，那些士兵將某樣東西交給了他。

「我們大概無法活著回去了。小子你就算賭一口氣也要活下來。這個送你。」

雖然不曉得是什麼，但他得到了幾根魔物的牙齒。

然後身為傳令兵的他巧妙地操縱馬匹，成功逃到魔之森外面。

儘管後來他總算和其他倖存者一起回到鮑麥斯特騎士領地，但馬上就遭遇令人不快的事情。

包含海里格在內，這些好不容易活下來的倖存者，都被父親徵收了稅金。

因為他們在進入魔之森時有狩獵，布雷希洛德藩侯也有對此提供報酬，所以他們每個人身上都有點錢。

「父親，再怎麼說這樣還是不太好吧。」

「雖然你說得或許沒錯，但規定就是規定。」

不過因為也有賞賜，所以最後剛好抵銷。

「而且他們幾乎都留不住那些錢……」

父親說得沒錯。

或許就是因為明白這點，父親才按照規定向他們徵稅。

倖存者全都是次男以下，所以就跟父親想的一樣，最後他們拚命賺來的錢，絕大部分都被家人搶走了。

尤其是海里格，他收到的魔物牙齒是昂貴的藥材，之後馬上就被來這裡的商隊以兩枚金板，也就是二十萬分收購。

然而海里格從父母那裡拿到的錢，就只有一千分。

他拚命賺來的錢，幾乎都被老家搶走了。

「（真的是令人不快的話題。）」

話雖如此，這就是地方農村的現實。

最重要的是讓家延續下來，次男以下就和用來擠果汁的山葡萄是一樣的存在。

最近跟商隊一起離開鮑麥斯特騎士領地的年輕人逐漸增加，我也能理解他們的心情。

父親也認為這不是好現象。

不過要是取締得太嚴格，會讓領地內的統治變得不安定。

像這種偏僻的領地要是發生內亂，會對鮑麥斯特騎士領地帶來致命性的損害，所以才要盡量推行把支援次男以下獨立，當成開墾獎勵的政策。

但我不認為身為長男的科特，有發現父親的用心。

他應該只覺得耕地增加，稅收就會跟著增加。

「赫爾曼，我要你入贅到分家。」

從父親那裡聽到這件事時，我心裡只有「總比現在好吧？」的想法。

在大規模開墾告一段落，科特的婚事也終於定下來時。

父親要我入贅分家，繼承侍從長之職。

因為遠征失敗，鮑麥斯特家諸侯軍的兵力至今仍未恢復。

儘管發生事變的時候，所有男丁都有義務要戰鬥，但也需要有持續接受一定程度訓練的兼職士兵。

不過有辦法做到這種事的，就只有我邊看書房的書邊辛苦訓練的二十名次男以下的男子。

海里格在累積經驗後，成為了我的左右手，這算是為數不多的收穫。

雖然除了訓練以外，他還要照顧剛開墾好的田地，讓我非常不捨，但現在的我根本無法改善他的待遇。

將同世代的工匠和富農的繼承人收為部下，藉此鞏固自己地位的科特，應該不需要面臨這種辛苦吧。

而且科特似乎很嫉妒我的軍事才能。

在聽說這件事時，我還因為覺得太過可笑而笑了出來。

我的確是這塊領地劍術最好的人，就連箭術也不輸職業獵人。

如果是有一定規模的警備隊或民兵，我應該能指揮得比父親和科特更好吧。

不過那又怎麼樣。

即使在這個被孤立的鄉下領地是第一名，外面比我優秀的人還是多如繁星。

從我的角度來看，科特的嫉妒根本就是在找碴。

在我入贅分家後，他對我的嫉妒也同時消散了。

競爭對手成為分家的當家，應該讓他安心了吧。

真是個悠哉的下任當家。

明明我在分家可是如坐針氈。

因為要先等叔叔直系的孫女瑪琳成年，所以我才會這麼晚入贅分家。

實際入贅後，妻子瑪琳的態度也讓我很困惑。

從分家成員的角度來看，他們似乎認為叔叔等人是被想竊取分家的本家的策略所害。

雖然我不曉得父親在想什麼，但當初要是至少有讓我跟著出兵就好了。

瑪琳長得很可愛，所以我很想說我對與她的婚事毫無不滿。

不過她在洞房夜時，也是一副「這是為了生小孩，所以沒辦法」的樣子，讓我非常困擾。
吃飯的時候也一樣，只有我明顯被當成不速之客。
再這樣下去，我的精神遲早會受不了，最後拯救我的人，是遠比我年幼的弟弟。
我有很多兄弟。
光是身為正妻的母親生的孩子，就有三男保羅、四男赫爾穆特、五男埃里希。
以及最年幼的八男威德林。
反正無法繼承家門，他們每天都忙著為前往王都進行準備。
我從十幾歲開始，就被當成預防科特出意外的備胎，所以我非常羨慕他們。
「相對地，一切都要自己負責。」
雖然保羅這麼說，但能離開這裡還是令人羨慕。
我對貴族身分沒有留戀，反正在成為分家當家的瞬間，我就已經不是貴族了。
可以的話，我也想像保羅他們一樣前往外面的世界，直到現在，我依然夢想著成為冒險者。
「我是不得不離開這裡。不過坦白講，我對這種故鄉也沒有留戀。」
明明可以繼承家門，但科特又找到新的嫉妒對象。
那就是五男埃里希。
這傢伙光是出生在鮑麥斯特家，就讓人覺得一定是有哪裡搞錯了。
他擁有俊美的外表，比我高超的箭術，以及出類拔萃的頭腦。

當然也廣受領民們歡迎。
自然大家都認為他比較適合擔任下任當家。
雖然我不認為這塊領地會與其他領主進行交涉，但領主算是領地的招牌，當然是長得好看一點比較好。
即使只看能力，不管有幾個科特，應該都比不上埃里希。
也難怪科特會嫉妒，但埃里希曾明確表示未來會離開領地，之後也真的離開了。
然後到了最後，又出現一個不得了的弟弟。
那就是八男威德林。
這孩子從三歲開始就窩在書房看書，所以我本來以為他是和埃里希相同的類型。
然而他逐漸展現出魔法的才能。
在這種偏遠領地出現擁有魔法才能的孩子，可以說是接近奇蹟。
父親馬上就擬定好對策。
那就是徹底放任他。
父親盡可能不讓他對領地做出貢獻，但即使如此，他在供應肉品方面還是做出極大的貢獻，我也身受其惠。
在老家的時候，我經常吃到他提供的珠雞肉。
父親一開始放任威德林自由行動，後者就開始進行魔法特訓。威德林似乎從早到晚都在集中鍛鍊魔法，有時候甚至還會外宿。

當然，這又讓科特燃起了嫉妒的火焰，我真想對他說如果有這種閒工夫，不如自己去念書。

至於關鍵的威德林，這傢伙的性格也很不錯。

因為他完全不把科特放在眼裡，擅自為了獨立做準備。

「（只要看見威德林，就會覺得自己很愚蠢。）」

遵從父親和科特的意思入贅後，就連妻子都跟自己保持距離。

我受夠這種生活了。

雖然我的確是本家的次男，但那已經是過去的事情。

我現在是分家的當家，雖然有必要以家臣的身分為父親和科特工作，但沒必要連其他事情都順著他們的意。

在我下定決心的幾天後，我出席了某場集會。

那場集會是在聚集了初期移民者的主村舉辦，用來聽取他們意見的聚會。

因為是重要的支持基層，所以必須關照他們。

不過一直舉辦這種會議，當然會招來其他村落居民的反感。

雖然將來有必要解決這個問題，但現在的我是分家的當家，立場上應該為他們的利益發聲。

「差不多也該減輕分家的勞役了吧。」

畢竟分家的男丁原本就夠少了。

因此分家連女性都必須協助開墾作業。

雖然分家也有幾名侍從，但他們平常也以農民的身分過著忙碌的日子。

即使找他們幫忙，也是有極限。

「我們不是因此送赫爾曼這個男丁過去了嗎？」

「我一個人也是有極限的。」

科特果然只把我當成一個小弟。

對他來說，既然已經把那個小弟送到分家，那當然沒有不利用的道理。

原來如此，冷靜分析過後，就會發現鮑麥斯特騎士領地透過優待主村建立的安定統治，不過是個脆弱的砂上樓閣。

儘管父親和名主克勞斯都感覺到危機，但還是找不到創新的解決辦法，而科特甚至連這個危機都沒發現。

「（就某方面來說，真是令人羨慕……）蜂蜜酒的製造量，也因為勞役而減少了。」

利用傳統的養蜂技術製造蜂蜜酒，是分家的家業。

然而在人手極度不足時，又增加了勞役，所以生產量也跟著下降。

「還有，你們也差不多該付蜂蜜酒的錢了。」

酒在這個領地算是貴重品。

儘管小麥的生產量有增加，但因為做成酒會惹父親不高興，所以頂多只有少量自家釀製的麥酒。

然而本家卻向分家徵收蜂蜜酒分配給領民，而且還一直賒帳，遲遲不肯付酒錢，真的非常惡質。

也難怪我在分家會如坐針氈。

「那筆錢遲早會付。」

「這樣啊。那在帳結清前，我們會暫停供應蜂蜜酒。最近正好人手不足。還有別忘了清算至今賒帳的酒錢啊。」

「赫爾曼！」

科特不知為何勃然大怒。

區區分家居然敢對本家提出要求，這對他來說應該是無可救藥的傲慢吧。

他到底把我當什麼啊。

雖然負責治理的父親和科特有義務維持這塊領地的安定，但這不代表他們能夠為所欲為。

即使分家缺乏男丁，要是一直勉強分家，等於是要他們成為反本家勢力。

「（你們是打算把我當犧牲品嗎！）」

我心中逐漸湧出怒意。

在鮑麥斯特家的兄弟們當中，為什麼只有我必須遇到這種事。

儘管或許無法成為貴族，但我還是很羨慕保羅、赫爾穆特和埃里希。

因為只要在外面的世界生活，就不必在意這種臭鄉下領地的種種限制。

接著在我腦中浮現的，是為了避免繼承糾紛而被允許自由行動，但因此被領民們當成懶惰鬼的八男威德林的身影。

即使年幼，威德林依然按照自己的意志在行動。

雖然那是因為他擁有魔法的才能，但無論周圍的人怎麼看待或評論他，他真的都是自由地活著。

每天一大早出門，到傍晚才回來的威德林的臉上，看起來完全沒有任何憂慮或迷惘。

我跟他很少有機會說話。

我們的年齡原本就有段差距，而且我現在是分家的當家，光是和他說話，就可能會刺激到科特。

科特擔心我會和威德林聯手，一起搶奪他的地位。

儘管這只是妄想，但如果科特的猜疑心夠強，他可能會真的這樣相信。

「總而言之，請你們答應我剛才說的條件。」

即使不到威德林那種程度，我也該走自己的路。

父親和科特已經是其他家的人，我現在是分家的當家。

既然如此，就必須將分家的利益擺在最優先。

「開墾已經告一段落，我們會付清之前的欠款。」

「父親！」

「我們因為開墾事業給人家添了麻煩，付錢也是應該的。」

結果父親基於這樣的理由，將之前的帳都結清了。

現在對分家的人來說，應該連父親都不值得信任了。

而科特似乎覺得即使不付錢也沒關係。

我想科特應該認為貴族只要有許多錢，就什麼都不需要擔心吧。

不過要是因此與分家為敵，他打算怎麼解決？

「（雖然現在靠父親和科特的組合，勉強能夠壓制主村的保守派治理領地……）」

但那場魔之森遠征，已經讓本家和分家反目成仇，在主村中，年輕族群也開始反抗保守的老人們。

剩下的兩個村落，也只是因為父親和科特是領主，才勉強聽從他們的命令。

在成立百年以後，這塊領地已經開始崩壞。

「（或許這塊領地會因為某個契機，就這樣分裂也不一定。）」

到時候父親和科特，就會從這塊領地支配者的位子跌落下來。

「（這或許只是我的妄想……）」

在這場集會後，我總算被承認是分家的人。

妻子也變得像個妻子，這應該就是所謂的歪打正著。

儘管科特開始不給我好臉色看，但反正那傢伙也打不贏我。

過了幾年後，後續的發展就跟我之前說明過的一樣。

父親退休後，我成為這塊鮑麥斯特騎士領地的當家，保羅也獲封領地，最後絕大部分的未開發地都被分封給威德林，他也因此成為伯爵。

科特的事情，還是別再提會比較好。

那傢伙因為跟不上鮑麥斯特騎士領地與外部產生連繫的未來而自己失控。

唉，事情就是這樣。

「尤爾根，我就跟你說過我們現在還什麼都不能做。」

「那個……赫爾曼大人。」

我成為新領主後最大的改變，就是變得經常和主村名主克勞斯以外的人談話和交涉。

因為種種因素，現在鮑麥斯特騎士領地的村落已經增加到五個。

新村落的名主，都是由那個村落的居民自己決定。

雖然大家都承認我是領主，但果然不能像以前那樣。

例如廢止優待主村的政策、停止讓克勞斯獨占徵稅業務、以及召集所有村落的有力人士舉辦集會等等，即使感覺會遭遇各種抵抗，但還是必須實行這些新的決定事項。

以討厭克勞斯聞名的尤爾根對這些意見表示贊成，最近每天都會跑來我家。

他似乎期待能盡快將克勞斯的地位貶為和其他名主一樣。

儘管其他名主也持相同意見，但還是不可能完全平等。

畢竟克勞斯的女兒蕾拉小姐是父親的妾，而她的孩子都是我的異母弟妹。

我的領主地位還不夠穩固，因此至少不能讓他們與我為敵。

然而最近的克勞斯真的很詭異。

自從和父親敞開心胸談過後，他就變得非常老實。

雖然沒有懈怠名主的工作，但感覺沒什麼幹勁。

明明蕾拉小姐也留在這裡。

父親那傢伙不曉得是不是體貼保羅，並沒有連蕾拉小姐一起帶去。

對蕾拉小姐來說，她和父親果然單純只是政治聯姻，比起父親還是孩子比較優先嗎？

那些異母弟妹們，也默默地認真輔佐克勞斯，以及經營威德林留下的商店。

他們沒有打算只讓自己得利，也沒有敲客人的竹槓。

唉，即使只有一半，還是有血緣關係的弟妹，所以這點程度的優待也是必要的。

畢竟沒辦法讓他們成為貴族。

關於統治領地的事情，大概就像這種感覺，儘管一切順利，但尤爾根他們似乎覺得變老實的克勞斯很詭異。

「他該不會在計畫什麼吧？」

「這只是你的臆測，還是要叫克勞斯過來質問他？」

克勞斯從以前開始就很可疑，所以我也能理解尤爾根為什麼討厭他，但不能只因為這樣就限制克勞斯的行動。

「徵稅的帳簿和商店的財務報表，你也都看過了吧？」
「是的。」
在父親退休並搬家後，感覺到克勞斯的立場變弱的尤爾根等人，首先做的事情就是仔細檢查帳簿，確認克勞斯是否有拿稅金中飽私囊。
結果克勞斯完全是清白的。
雖然我也覺得克勞斯很可疑，但不認為他會做那種膚淺的壞事。
「不過克勞斯那傢伙！」
「雖然我不是不能理解你的心情……」
在聽完尤爾根他們的話後，我立刻去確認克勞斯與其家人們的狀況。
話雖如此，我跟他們之間並沒有心結。
我只是去看克勞斯他們工作的樣子。
領主本來就要經常進行視察。
「這不是赫爾曼大人嗎？」
我離開家繞到主村後，發現在短短的期間內，這裡居然已經被整頓得十分完善。
田地被整頓成方便農作的四方形，礙事的巨石、巨木、小山和土丘都被剷平，耕作面積也因此增加。
許多領民的家也被移建，不必再花費漫長的時間前往田地。

相對地人口稍微減少，許多人都已經搬到未開發地那裡的新村落了。

主村至今無論是耕作面積或前往田地的交通都比其他村落有利，現在因為威德林的魔法，每個村落的條件都變得一樣了。

對此表示感嘆的老人也很多，他們似乎向克勞斯吐露了不少怨言。

不過克勞斯好像乾脆地回應他們那是時代的潮流。

儘管許多人都認為克勞斯在偷偷策劃什麼，但我覺得那實在過於穿鑿附會。

我的異母弟華特，正在主村的田地裡和年輕的領民們討論事情。

那似乎不是什麼大不了的事情，他馬上就發現我，過來向我搭話。

「領主大人，聽說您再過不久就要搬家了。」

「是啊。」

隨著領地變大，原本的房子不再位於領地的中心，在威爾和布蘭塔克先生的建議下，我也想將蜂蜜酒特產化並增加產量，這裡的場地實在不夠。

看來華特知道我再過不久就要搬家。

「這也是時代的潮流呢。」

「是啊。」

雖然華特是克勞斯的孫子，但並沒有任何可疑之處。他代替克勞斯，認真地在輔佐名主的業務。

「華特，卡爾在商店那裡嗎？」

「不，他在新村落的建設預定地那裡進行測量，爺爺也跟他在一起。」

「這樣啊，不會很危險嗎？」

現在威德林不在，要是沒有土牆，感覺會被野生動物襲擊。

「有人在協助他們。」

「那些冒險者嗎？」

雖然感覺鮑麥斯特騎士領地除了蜂蜜酒外沒有其他特產品，但最近開始有冒險者過來這裡觀察狀況。

這也是開始和外部交流的證據，他們似乎是來視察能不能在利庫大山脈有效率地狩獵翼龍和飛龍。

雖然我把他們的事情交給克勞斯處理，但看來他有好好地利用他們。

既然是有辦法狩獵飛龍的冒險者，那區區未開發地的野生動物應該不是他們的對手。

「不好意思打擾你了。我去一趟商店後，再過去看看。」

「這不是領主大人嗎？」

走進位於未開發地邊界的商店後，我發現店內有三名女性和兩名男性在工作。

女性是留在這塊領地的蕾拉小姐，以及我的異母妹妹艾格妮絲和科蘿娜，兩名男性是她們的丈夫諾伯特和萊納。

「領主大人，我們正在點貨中。」

看來包含蕾拉小姐在內，他們五人正在進行點貨。

不過蕾拉小姐真是漂亮。雖然是政治聯姻，但父親真的是賺到了。

儘管蕾拉小姐的人生也因為未婚夫的死而大受影響，但她現在和兒子與女兒們一起生活，應該還算幸福吧？

父親與其說是被乾脆地捨棄，不如說蕾拉小姐原本就只把當他的妾視為一種義務。

即使她說要跟去，感覺母親也不會有好臉色，所以真是幫了大忙。

「如果您要找父親，他現在應該在新村落的建設預定地。」

「果然啊，跟華特說的一樣。」

我走出商店，從在未開發地那裡設立的新村落繼續南下，前往新村落的建設預定地。

雖然要小心被野生動物襲擊，但海里格他們也以護衛的身分和我同行。

我現在的身分，已經不允許我悠哉地獨自外出。

抵達現場後，我看見克勞斯和卡爾正一起在地面打樁，將繩子綁在上面。

他們在標示哪裡是住家，哪裡是田地，以方便威爾之後施工。

「領主大人，您是來視察嗎？」

「嗯，因為我正好有空。」

我成為領主後，克勞斯就變得很老實。我覺得他應該沒在策劃什麼奇怪的事情。

儘管無從確認，但他不僅有完成主村名主的業務，同時也細心地指導新村落的名主們工作。新名主們因為不曉得以前的克勞斯，所以都認為他是個溫柔的人，但以前就在的那些舊名主，仍在懷疑克勞斯有什麼企圖。

「我應該會就這樣看著鮑麥斯特領地的發展，直到老死吧。」

我對這句話可以說是半信半疑。

「這些人是你的護衛？」

「這幾位是專門討伐龍的冒險者。他們似乎想四處看看，確認能不能將鮑麥斯特騎士領地當成據點活動。雖然這幾位找我有事，但我一說今天要測量很忙，他們就說要擔任我的護衛。」

我一看向克勞斯周圍的冒險者，他們就向我輕輕行了一禮。

「真有禮貌呢。」

「專門討伐龍的冒險者，行事似乎和其他冒險者有點不同。」

能獨自打倒龍的人不多。就我所知，大概也只有威爾、布蘭塔克先生和導師他們。

其他冒險者都是組成隊伍，在綿密的戰術下，善用合作的力量狩獵龍。

所以不適合個性太強烈的人。

「要是能順利招攬他們，會有助於鮑麥斯特騎士領地的發展嗎？」

「是的，畢竟不能完全依靠威德林大人，我們也需要自己的開發案。」

「說得也是。」

我贊同克勞斯的意見，邊想著也必須開始處理這項工作邊回家。

曾經為了入贅分家而離開本家的我，居然又回到了這棟房子……人生真的是難以預料。

我邊想邊走進書房，然後難得在那裡看見妻子瑪琳的身影。

「妳來看書嗎？」

「今天不是。」

雖然瑪琳如此回答，但她應該沒那麼喜歡看書才對。因為我也是這樣，所以我們或許是對相似的夫婦。

「吶，克勞斯沒問題嗎？」

「妳也懷疑他啊。」

懷疑克勞斯的舊領民還真多。因為他是個深謀遠慮的人，所以大家都認為即使他現在看起來安分，實際上一定是在計畫什麼壞事。我也不是完全相信他，所以也沒資格說別人。

「例如跟威爾聯手，打算搶奪鮑麥斯特騎士領地之類的？」

「這怎麼可能。」

威爾必須負責開發和統治那麼廣大的領地，不可能對相較之下小得可憐的鮑麥斯特騎士領地產生野心。

如果威爾真的有這個打算，這塊領地早就變成他的東西了。

「那孩子看起來不像那樣的人。」

威爾總是表現得很泰然，但也有濫好人的一面。

「即使和鮑麥斯特伯爵大人無關，克勞斯還是很可疑。」

雖然隱約覺得他可疑，但又沒有證據。看來瑪琳的狀況也跟我一樣。

「而且他又跟外來人混在一起。」

「那些人只是來工作。還有這種話別在外面講啊。」

又不是科特，要是用外來人稱呼人家，可能會與新領民們產生衝突。

瑪琳是領主夫人，所以這方面的發言要特別小心。

冒險者們今天雖然陪負責協議和處理實務的克勞斯工作，但還是有好好調查利庫大山脈。

目前還沒有可疑之處。

「妳是不是太過在意了？」

我試著安撫瑪琳，而在那天之後也沒發現其他可疑的地方。

克勞斯帶著兒子們工作，冒險者們也繼續進行調查。

「對了，領主大人。」

不過有天傍晚，克勞斯突然來向我搭話。

「新村落建設預定地的測量和區劃已經完成。威德林大人什麼時候會來呢？」

克勞斯的辦事效率還是一樣快，後來發現他其實也會測量，只是至今一直都沒機會發揮。

「如果之後知道是哪一天，還請盡早告訴我。」

「我知道了，就這麼辦吧。」

畢竟我和威爾偶爾也會一起開會。威爾不擅長應付克勞斯，本來就盡可能避免和他見面。

「威德林大人是在百忙之中過來，所以可不能有所疏忽。」

只要克勞斯不亂來就沒問題。雖然我這麼想，但還是小心不要說出口或表現在表情上。

「又要開發新村落了。」

克勞斯開心地笑道，但不知為何，我心裡的某處還是覺得不對勁。

不過直到威爾來到鮑麥斯特騎士領地那天，我都未能找到原因。

第五話　復興威格爾家

「讓爵位和領地被收回的貴族家復興的方法？」

「沒錯。」

「是關於卡特琳娜小姐的事情嗎？」

「果然還是瞞不過羅德里希。」

雖然在剛認識時，卡特琳娜的言行給我們帶來很壞的印象，但她是個非常優秀的魔法師，實際來往過後，也發現她不是那麼壞的人。

既然如此，那沒道理不網羅她。

儘管我是個必須對廣大領地負責的貴族，但我也和普通人一樣想要過輕鬆的生活。為了度過更好的人生，夥伴當然是愈多愈好。

而能夠賣她人情的方法，就只有一個。

那就是讓威格爾家取回領地與爵位。

因為女性幾乎不可能成為貴族，所以必須尋找能讓她接受的方法。

最好的方法，就是讓她生下的孩子能夠繼承爵位和領地。

「不過為什麼要問鄙人？」

現在是能不能讓與鮑麥斯特伯爵家友好的貴族增加的關鍵時刻，所以我才詢問首席家臣羅德里希的意見，但他現在一臉陰沉。

這是因為下個星期要舉辦相親會。

而且那場相親會，已經確定規模會很大。

艾爾也會參加，而在我這裡任職的年輕人只要未婚，都必須強制參加。

由於貴族們鼓起幹勁送了超過一千張的相親照給羅德里希，一想到絕大部分都會白白浪費掉，就讓人覺得可惜，於是我試著詢問「能不能接受在我這裡任職的年輕人？」，結果絕大部分的人都同意了。

在不知不覺間形成的鮑麥斯特伯爵家家臣團中，有些幹部是內閣官員的子弟，他們的老家都有各自擅長的領域，他們工作時也活用了那些能力。

那位導師的孩子高爾內略，也在警備隊擔任幹部。

雖然他們的工作表現優異，但由於大多是沒人要的三男以下，因此許多人都還是單身，考慮到接下來會愈來愈忙，最後決定舉辦一場相親大會。

儘管我覺得這是個好主意，但替自己準備相親會的羅德里希，似乎有些無法接受。

「如果讓羅德里希娶她，然後讓你們的孩子成為貴族，你覺得如何？」

「為什麼是鄙人？讓艾爾文娶她也行吧？」

結果在幾經波折後，羅德里希確定將成為下任盧克納男爵家當家的父親，即使讓他和卡特琳娜生下的孩子成為貴族，也不會有任何問題。

不過羅德里希似乎不想再背負更多麻煩。

所以就推給了艾爾。

「艾爾啊……」

儘管他是個好人，但麻煩的是他受到布蘭塔克先生的影響，開始學會在外面風流。

卡特琳娜對這方面很敏感，所以一直和艾爾保持距離。

雖然可以接受跟他一起組隊，但不願意讓他當自己的丈夫。

「那個野丫頭意外地清純呢。」

的確，即使在冒險者中有許多粗暴的人，卡特琳娜還是建立起頂級的實績，然而她明明能獨自趕跑那些覬覦她財力的寄生蟲或流氓，卻對男性沒什麼免疫力。

「前陣子也一樣……」

早上和艾爾一起練習弓箭後，因為天氣很熱，所以我們一起打赤膊在中庭乘涼，結果被同樣在練習魔法的卡特琳娜抱怨。

「威德林先生！你好歹也是貴族，怎麼可以在外面赤身裸體！」

「只有上半身沒關係吧。」

「就算只有上半身，當然還是不行！」

儘管語氣和平常一樣，但卡特琳娜在看到我和艾爾打赤膊時，已經是滿臉通紅。

簡單來講，就是對那方面沒什麼免疫力。

又不是全裸，我覺得她實在太小題大作了。

「艾爾應該很困難。」

「那主公大人也行吧？」

「我？」

「是的，這樣正好也符合條件。」

因為原本就是超一流的冒險者，所以能夠和我一起狩獵。

從卡特琳娜的角度來看，如果是讓和我生的孩子成為威格爾家的當家，在面對王宮時也會比較有利。

按照羅德里希的說法，這對我們雙方都有利。

對原本是平成時代日本人的我來說，這樣感覺有點太理性了，不過這種判斷標準，在這個世界並沒有什麼錯。

因為結婚是讓兩家連結在一起，當事人之間是否適合反而是其次。

雖然戀愛至上的想法也沒什麼錯，但或許日本的結婚率和少子化的問題，也是源自於此。

總而言之，在這個世界除了經濟上的理由以外，很難維持單身。

羅德里希認為卡特琳娜也必須做好覺悟。

「有必要比照族人的待遇對待威格爾家，加強鮑麥斯特伯爵家的陣容。」

由於羅德里希身為首席家臣，所以穩定急速擴大規模的鮑麥斯特伯爵家，對他來說似乎是首要之務。

畢竟在我死後，還必須讓下個世代延續鮑麥斯特伯爵家……應該說必須讓他們延續。

「不過這種事也要看本人的意願吧？」

「無論如何，都必須先開誠布公地談過一次。話說您不消除臉上的痕跡嗎？」

「嗯——艾莉絲不知為何不幫我治療。好像也不准我自己治療。」

其實今天早上，我在結束每天都會進行的魔法訓練後，本來想去浴室沖個澡，結果在那裡遇見剛訓練完準備進去洗澡的卡特琳娜。

而且她還全裸地在盥洗臺的鏡子前面擺姿勢。

「威德林先生家的餐點太美味，所以最近好像有點變胖……」

「是嗎？我倒不這麼覺得。」

「咦？」

這時候立刻回答的我實在太愚蠢了。

在原本應該只有自己一個人在的浴室盥洗臺前面的卡特琳娜，和不小心走進來的我對看了幾秒，雙方之間瀰漫著一股奇妙的氣氛。

「威德林先生？」

「我覺得就算女性的體重有點變化，男性也不會發現。」

「……」

「而且女性和男性的理想體型也不太一樣。要是太瘦，男性反而會感覺不到魅力。」

看在男性眼裡，太瘦只會讓女性的魅力減半。

不如說有一定數量的男性，還比較喜歡有點豐滿的女性。

「威德林先生？」

「那我先走了，妳就稍微參考一下吧。」

看來我似乎漏看了掛在浴室入口上那個寫著「入浴中」牌子。

其實我偶爾會這樣，但艾爾是男的所以沒關係，之前遇到其他女性成員時也是如此——

「威爾，你該不會是故意的吧？雖然我是不在意……」

「不得了了，要被對我的裸體產生情慾的威爾襲擊了——喂，你還真不配合。」

「威德林大人，這種事還是等正式舉辦過婚禮後再做比較好。」

「威爾大人，一起進去洗吧。」

由於她們四個都是我的未婚妻，因此不會構成問題，但卡特琳娜果然不會讓我蒙混過去。

「威德林先生……」

「抱歉，我不是故意的。」

「看見未婚少女的肌膚，你以為這樣就能算了嗎！」

雖然懂得看氣氛的卡特琳娜沒有用魔法把我打飛，但還是狠狠賞了我一巴掌。儘管只要有心就能閃開，但感覺不能躲開的我，還是放棄了閃避。

「不曉得該說主公大人是運氣好還是運氣不好……」

同為男性的羅德里希發表感想。

儘管不幸被賞耳光，但還是看見了好東西。

打貴族耳光算是不敬的行為，甚至還有可能被處罰，但這樣我的偷窺行為就會被公諸於世。

一旦公開，丟臉的人一定會是我。

「而且令人意外的是，卡特琳娜她……」

在用力賞我一記耳光後，她居然一反常態地靠在艾莉絲身上哭泣。

「我嫁不出去了！」

「妳的個性明明不是這樣……對不起……我什麼也沒說……」

如果稍微被看見裸體就嫁不出去，那日本就幾乎沒有女性能夠結婚了。

雖然我很驚訝除了虛構作品以外，居然真的有這種女性存在，但這次艾莉絲是站在卡特琳娜那邊。

這個世界的女性身分愈高，貞操觀念就愈重。

因此看見既非戀人亦非妻子的卡特琳娜的裸體，似乎讓我成了一個很壞的男人。

「威德林大人，請您今天一整天都讓那個掌印留在臉上。」
「這樣未免也太……」
因為還要面對家臣，所以我希望能儘早消掉……
「請威德林大人好好反省。沒問題吧？」
「好……」
艾莉絲難得以強硬的語氣如此說道，還要我答應她今天不能治療臉上的掌印。
這部分，或許就是艾莉絲被選為我的正妻的理由。
「不行喔，威爾。因為艾莉絲只有在特別的時候才會用這種強硬的語氣。」
連伊娜都不幫我說話。
平常明明是尊重我的傳統女性，現在卻一面安慰靠著自己的卡特琳娜，一面冷靜地對我下達制裁。
「如果是我們還沒關係，但卡特琳娜不行吧。」
「要在入浴中的牌子上加姓名欄嗎？」
「這表示如果裡面不是卡特琳娜，你就會進去嗎？」
「不予置評。」
因為教會很囉唆，所以這個國家的貴族很難進行婚前性行為。
因此我覺得偶爾假裝弄錯稍微偷看一下裸體，應該只能算是可愛的惡作劇。

反正對象都是自己的未婚妻。

「威爾，你果然是故意的……」

「這個嘛，到底是怎麼樣呢？」

「其實這算是很嚴重的問題。」

通常一旦演變成這種情況，我就必須聽個性認真的艾莉絲和伊娜說教。

「吶，威爾，卡特琳娜的身材怎麼樣？」

露易絲大概是這種感覺。

她偶爾會向我報告其他一起洗澡的女性們的身材，總覺得她的精神多少包含了一點好色大叔的成分。

「很有料，甚至足以和艾莉絲匹敵。」

「果然啊，雖然多米妮克也很厲害，但還是比不上卡特琳娜。」

「喔，多米妮克也那麼不得了啊。」

這我倒不知道。

「很厲害喔，因為她和艾莉絲是青梅竹馬，所以是環境因素？」

按照自稱女體評論家的露易絲的說法，在這個家當女僕的多米妮克似乎是穿衣服時會顯得比較瘦的類型。

露易絲向我報告多米妮克其實有一副好身材。

「他果然看得很仔細——」
「露易絲小姐！威德林大人！」
不過這段充滿大叔氣味的對話，又再度惹哭了卡特琳娜，害我和露易絲又被艾莉絲罵了。
「總而言之，請您今天好好反省。」
於是我今天一整天都要帶著掌印度過。
「威爾大人。」
「薇爾瑪，什麼事？」
「威爾大人臉上的海星，和王都賣的海星燒很像。」
「……這樣啊……」
「我有點想吃海星燒。」
「下次去王都再買給妳。」
「謝謝威爾大人。」
然後薇爾瑪似乎無法理解為何會造成這麼大的騷動。
我臉上的掌印和我抄襲紅葉燒（註：一種包豆餡的麵粉點心，又稱紅葉饅頭）在王都販賣的「海星燒」很像，這似乎讓她覺得很開心。
此外之所以叫海星燒，是因為在赫爾穆特王國境內，只有在北方的部分地區有機會看見變紅的楓葉。

考慮到知名度，最後才改變了名稱。

「主公大人馬上就被妻子吃得死死的呢。」

「艾莉絲平常不會這麼強硬。」

「的確，卡特琳娜的目標是復興家門，所以待遇也要比照貴族千金。」

因此艾莉絲才會針對我不小心看見卡特琳娜裸體的事情責備我。

「無論如何，不管卡特琳娜再怎麼努力，她都無法成為貴族家的當家。」

不僅必須和王家與其他貴族交涉，如果不加上招贅和讓生下的孩子成為貴族這個條件，就不可能得到好的回應。

反過來講，只要答應這個條件，這件事並沒有那麼困難。

「所以包含這部分的事情在內，應該要好好和卡特琳娜商量。那麼優秀的魔法師，不拉攏過來實在太可惜了。」

「你變得愈來愈像貴族的家臣了。」

「鄙人會把這當成是誇獎。」

無論如何，我決定先跟卡特琳娜談一次看看。

「事情就是這樣……」

「我要先跟大家商量過才能決定。」

「大家？」

「就是前威格爾領地的領民代表與以前的家臣。」

我將羅德里希想的方案轉述給卡特琳娜聽，她回答必須先跟大家商量才能決定。

她說的大家，似乎是指以前的家臣和領民。

不過明明是從祖父那一代就被奪走領地和爵位，他們的忠誠心還真是恐怖。

「如果是以前的鮑麥斯特騎士領地，大概不用一年就會習慣新領主和代理官。」

我以前在老家時，也不覺得領民們有那麼仰慕我……

「其他領地的事情，我也不方便說些什麼……總之因為要和他們商量，能請你陪我走一趟嗎？」

「我知道了。」

在卡特琳娜做出結論後，我們又花了兩天辛苦地完成了土木工程，然後才和平常的成員們一起前往前威格爾領地。

話雖如此，因為我不曉得前威格爾領地的詳細位置，所以當然無法依靠「瞬間移動」。

用「瞬間移動」飛到最近的地點後，我們就改成靠馬車或徒步移動。

威格爾家原本跟我家一樣是騎士爵家，如果從王都出發，要走整整一天才能抵達那塊領地。

人口約一千人，以騎士爵家來說算是非常富裕。

透過耕種廣大的農地為王都提供食材，因為位於連接王都與西部地區的交通幹道附近，所以有非常多人與物資出入，不僅有大規模的驛站城鎮，還會定期舉辦市集，十分熱鬧。

因為從王都搭馬車只要半天就能抵達，所以有許多市場的客人，或是進入王都前在此住宿的旅客，稅收也很可觀。

「就算同樣是騎士，我的老家根本就不能比。」

雖然我也是這樣，但同為鄉下貴族的艾爾，在拿這裡和自己的老家比較後，變得有點失落。

「重點是現在。」

卡特琳娜低喃著無論是再怎麼富裕的領地，只要被貶為平民就沒有意義。

「不過這個地理位置……」

「就跟你想得一樣，這塊領地會妨礙到王國整理直轄地。」

與我們同行的布蘭塔克先生，事先就從布雷希洛德藩侯那裡聽說了威格爾家的領地被沒收的事情。

「在很久以前，王國為了讓王都周邊都變成直轄地，曾經命令許多小領主們將領地轉移到其他地方。」

相對地，王國也準備了比舊有的領地還要廣大的替代地。

雖然提出了這樣的條件，但這塊前威格爾領地的地理位置非常好。

即使擴大土地提升農業生產力，獲得的收入也遠遠不及經營驛站城鎮和定期舉辦市集，所以他們不想離開這個鄰近交通幹道、地理位置優越的土地。

無論哪個時代，農業其實都賺不了多少錢。

儘管因為人不能沒有糧食而受到重視，但其實掌握通路比較賺錢。

「話雖如此，也不能拒絕王家的命令吧？」

「祖父大人並沒有打算拒絕。」

赫爾穆特王國的貴族只要收到轉移領地的命令，一定都會先拒絕一次。

「不管再怎麼小，畢竟還是貴族。」

因為第一次只是在暗中進行試探，第二次官方才會再提出更好一點的條件。

至於為什麼要做這種事情，好像是因為貴族在部下面前也要顧面子。

「雖然會先拒絕一次，但對方之後又會不死心地再提高條件。」

在有了這樣的藉口後，貴族就能放心遵從轉移領地的命令。

「真麻煩……」

「只能說貴族就是這種生物。」

布蘭塔克先生說話的樣子，讓我因為想到自己未來可能也會遇到這種事而板起臉。

其他人似乎也能理解這種狀況。

就這方面來看，或許我還沒習慣這個世界。

「然而祖父大人按照慣例拒絕一次後……」

就突然因為無視王家的命令而被沒收領地。

至於為什麼會變成這樣，好像是因為上一代盧克納侯爵在背後搞鬼。

原來如此，但我覺得即使是大貴族，像這樣破壞慣例也不太好。

「卡特琳娜大人！您回來啦！」

就在我們邊聽卡特琳娜說話邊沿著大路走在前威格爾領地內時，驛站城鎮那裡有個看起來約六十歲的老人跑向這裡。

「海因茲，你年紀已經不小了，不可以勉強自己用跑的。」

「您在說什麼啊，我可是還沒退休呢。」

雖然年紀看起來和克勞斯差不多，但這位老人看起來還很有精神。

「因為還要麻煩你統率大家，所以你得維持健康才行。」

「我應該還能再撐個十年。話說……」

「這位就是在王都蔚為話題的『屠龍英雄』。」

「卡特琳娜大人的人面真廣。」

「那當然。」

雖然卡特琳娜又恢復成平常的語氣，但我們的相遇只是偶然，而且我們對她的第一印象還十分惡劣。

因此我們在心裡想著愛慕虛榮也真是辛苦。

「不過自從卡特琳娜大人十二歲去上西部的冒險者預備校以來，這還是您第一次帶同伴回來。」

「我對朋友是很挑的。」

「（喂，這表示……）」

「（伊娜！不行！不能再追究下去了！）」

明明第一印象很差，但我還是沒有趕走她。

理由就是因為她和我度過相同的童年。

她將時間都花在鍛鍊魔法上，在冒險者預備校時期基本上也都是一個人，成年後也很可能總是獨自行動。

回鄉時之所以是一個人，應該是因為沒有朋友可以邀。

「（獨行俠！她和以前的我一樣是獨行俠！）」

只有孤獨的人懂孤獨的人。

我的腦中鮮明地浮現出卡特琳娜孤獨一人的樣子，所以不自覺就會找理由邀她一起行動。

而且雖然她一開始每次都會先說「真拿你們沒辦法」，但怎麼看她都是最高興能和我們一起行動的人。

儘管嘴巴上會抱怨，但她從來不會拒絕土木工程的工作，在工程現場也廣受許多作業人員的歡迎。

雖然她的語氣還是那個樣子，但對那些習慣粗野的工地人員來說，卡特琳娜似乎是位「有趣的大姊」。

年齡和自己的女兒差不多的少女，即使言行多少有點傲慢，也只會被當成開玩笑的題材。

「卡特琳娜大人，可以請妳把這個洞再挖深一點嗎？」
「真拿你們沒辦法，就讓你們見識一下我的魔法吧。」
「不愧是卡特琳娜大人。」
「這對我來說根本不算什麼。」
「我有事想拜託優秀的卡特琳娜大人。」
「交給我吧。」
人生經驗豐富的工地人員們看穿卡特琳娜的個性，有時候甚至會巧妙地煽動她，額外拜託她一些工作。
「（威爾……你……）」
「（我在十二歲之前也是孤單一人……唉，不過卡特琳娜現在也是如此……）」
「（威爾，不能再繼續說下去了。）」
察覺我想說什麼的伊娜，委婉地打斷我。
「幾位客人要喝茶嗎？」
在名叫海因茲的老人的帶領下，我們前往他家。
途中有經過一棟明明同是騎士爵家，但遠比我的老家氣派的豪宅，那棟房子似乎就是威格爾家的前官邸。
「現在是代理官的住處。」

海因茲先生語氣冷淡地說道。

從他的角度來看，那位代理官和不法侵占主人宅第的不法之徒沒什麼兩樣。

「令人不悅的是，這裡的代理官固定都是盧克納家的親戚。」

他想說的是即使那些人沒有違法徵稅，依然是貪圖代理官的薪水，摧毀威格爾領地的邪惡盧克納一族的成員。

領民和舊家臣們雖然沒有反抗，但似乎都盡可能不帶感情地和他們來往。

「這裡就是我家。」

海因茲先生家，似乎原本是威格爾家的侍從長世家。

那棟房子的大小，僅次於原威格爾家的官邸。

我們在他的帶領下進門，發現那裡已經有二十名有老有少的男子在等待。

按照海因茲先生的說明，他們全都是前威格爾家的名主、侍從長或家臣的子孫。

「喔喔！卡特琳娜回來了！」

「您又變漂亮了呢。」

「這次還有客人啊。」

「好像是『屠龍英雄』呢。」

「喔，明明還這麼年輕，真是了不起。」

「我今天回來，是有重要的事情要和大家商量。」

雖然是個獨行俠，但卡特琳娜似乎深受前家臣與領民們的愛戴。

海因茲先生偷偷告訴我，擁有魔法才能的她為了復興家門，從小就開始一面訓練魔法，一面狩獵賺錢，然後去不會受到可恨的盧克納侯爵家影響的西部地區上冒險者預備校，就這樣在那裡成為賺錢的冒險者。

曾為當家的祖父在領地被收回後沒多久，就因為打擊過大而病死，她的父母也為了復興家門過度勉強自己，很快就跟著染病去世。

因此年僅五歲就變得孤身一人的她，從那時候開始就以威格爾家當家的身分在行動。

「卡特琳娜大人在年幼時期，就深深理解前前代的遺憾和前代的苦惱，並持續為了復興家門而拚命努力。不肖海因茲，直到化成灰為止都是威格爾家的家臣。」

其他人似乎也是如此。

即使盧克納家從中央派來的代理官邀請他們任官，他們也全都加以拒絕，各自以商人、工匠、獵人或農民的身分維生，並為了復興威格爾家，持續學習與訓練。

而且即使到了下個世代，也沒有任何人脫離，這麼說來，聚集在這裡的人當中，也有很多年輕人。

「（真是可怕的忠誠心！你們是三河武士（註：出身三河，對德川家康極度忠誠的一群武士）嗎！）」

不如說明明沒有執行苛政，至今卻依然只能和他們進行最低限度往來的代理官有點可憐。

「其實我找到復興家門的契機了。」

「這是真的嗎？」

「太好了！威格爾家終於能在老夫還活著的時候……」

室內瞬間充滿喜悅的氣氛。

老年人甚至開心地流下眼淚。

「我一直拚命努力，以為只要立下功勞就能成為貴族，不過無論存了多少錢，都完全無助於復興家門，因為我是一位女性。」

卡特琳娜的發言，讓所有人都瞬間安靜下來。

因為在大家的內心深處，都有察覺這項事實。

「所以我改變了想法。我要成為這位威德林大人的妻子，讓我和他的孩子繼承威格爾家。」

「喔喔——！」

「那真是太棒了！」

「不愧是卡特琳娜大人！」

卡特琳娜果然還是選擇了這條路。

如果和奇怪的貴族次男或三男結婚，以藉此復興家門，威格爾家有可能會反被夫婿的老家侵占。

但我的老家根本就沒那個餘裕，而我連自己的領地都還是那個樣子，根本就沒空去管別人的領地。

站在卡特琳娜的立場，我應該算是比較好的選項。

「不過應該無法得到這塊領地，必須搬家到其他地方，所以就算只有想跟的人過來也沒關係。

至於無法跟我走的人，我會提供微薄的獎賞。我由衷感謝各位至今對這個一度崩壞的貴族家奉獻的心力。」

卡特琳娜應該也有受過這種教育。

她以符合貴族千金的方式做出總結，讓我有點對她刮目相看。

「我會跟您走！無論是再怎麼偏僻的地方都一樣！」

「我也是！家人們應該也會同意！」

「我也要跟隨您！」

這裡不缺農地，離王都近，買東西也很方便。

雖然感覺這裡的地理位置極為優良，但在這個房間裡，沒有任何人說要留下來。

大家都為威格爾家的復興和遷移領地的事情感到非常高興。

「您覺得很不可思議嗎？」

「嗯，在這裡生活應該很方便吧。」

在大家開心地發出歡呼時，海因茲先生發現我露出困惑的表情。

「在這裡生活的確非常方便……」

前威格爾領地的居民有一千人。

因為無法再養活更多人，所以孩子搬去其他地方的狀況也增加了。

「雖然孩子離開父母身邊踏上旅程是常態，但要是搬得太遠無法與兒孫相見，也很令人寂寞。」

就這點來說，從未開發地中分封給我的那塊土地，還有很大的開發空間。

在便利性方面，隨著領地逐漸開發，應該也會大幅改善。

「因為絕對是那邊比較有未來性，所以應該會有很多人跟去。」

「那明天就是關鍵了。」

「關鍵？」

「因為要去拜託害威格爾家被貶為平民的家族許多事情。」

與其說是拜託，不如說是預先商量。

儘管下達許可的是王家，但要是沒有事先談好惹對方不高興，進而從中作梗就麻煩了。

「原來如此，那的確是很重要。」

那天我們參加海因茲先生他們舉辦的宴會，在其中一位前家臣經營的旅館住了一晚。

隔天，我再次用「瞬間移動」飛到王都，與某個人見面。

「女婿啊，看到你這麼健康比什麼都好。」

「那個……」

「畢竟是現在如日方中的鮑麥斯特伯爵大人，就算多一位妻子也是無可奈何。」

雖然我和明明是我的岳祖父，卻叫我女婿的霍恩海姆樞機主教約好見面，但他嘴巴上說對妻子增加這件事沒有不滿，還是確實地對卡特琳娜投以銳利的視線。

「幸會，我叫卡特琳娜·琳達·馮·威格爾。」

「西部有名的魔法師，那個威格爾家的女兒啊。」

「今天要麻煩您幫忙了。」

「畢竟這位女婿現在還缺很多東西。卡特琳娜小姐會支持老夫的女婿，你們的孩子會以威格爾家當家的身分支持鮑麥斯特伯爵家。只要妳明白自己的身分，老夫也會不吝於提供協助。」

「感謝您。」

看來即使是卡特琳娜，還是會被長年在中央打滾的大貴族的氣勢和眼神壓倒。

她收起平常的語氣和態度，坦率地打招呼。

霍恩海姆樞機主教應該是真的很疼愛孫女艾莉絲。畢竟只要不會動搖到孫女身為正妻的地位，他一定會像這樣協助我們。

「艾莉絲看起來也很有精神呢。」

「是的，因為威德林大人非常溫柔。」

「那真是太好了，真期待你們的婚禮。」

教會可以說是那些中央的大名譽貴族與各種魑魅魍魎的巢穴，即使是平常在那裡擔任樞機主教的他，在艾莉絲面前也會變成疼愛孫女的好爺爺。

所以他對可能威脅到她正妻地位的人，應該更是毫不留情。

就是因為察覺到這樣的氣氛，卡特琳娜才會馬上變得安分。

「那麼，我們走吧。話說布蘭塔克，你今天還挺安靜的呢。」

「因為我只是單純的護衛。」
「就當成是這樣吧。布雷希洛德藩侯對這次的事情有什麼意見嗎？」
「應該是覺得運氣好吧？」
「說得也是。盧克納財務卿也因為上一代的罪孽吃了不少苦頭，然後李林塔爾伯爵家真是做了件蠢事。」
我大概能夠理解霍恩海姆樞機主教的意思。
要是上一代當家沒有害威格爾家被沒收領地，盧克納財務卿就不會被卡特琳娜這位能幹的魔法師討厭，要是李林塔爾伯爵家有好好照顧威格爾家，就能把她收為部下。
「卡特琳娜變有名後，李林塔爾伯爵家有說什麼嗎？」
「嗯。有個約四十歲的三男跑來找我，說『我會讓威格爾家復興，所以當我的妻子吧』。」
「然後呢？」
「我回答『少痴人說夢了』。」
雖然對大貴族的三男這麼沒禮貌好像不太好，但說起來對方至今都沒好好照顧威格爾家也算是有錯。
所以我沒打算因為這件事責備她。
「然後就選我當丈夫嗎？我不覺得自己是那麼好的男人。」
「威德林先生不是既可靠又有包容力嗎？就丈夫的條件來說，再也沒什麼比這更好的了。」

這裡和日本不同，在選擇配偶時很少會以戀愛感情為最優先。

因此卡特琳娜的想法也不算是過於理性。

「而且和威德林先生在一起很開心。即使是像我這樣的女孩，你也會正常地關心我……」

說到這裡時，卡特琳娜紅著臉低下頭。

不如說，妳至今到底是多孤獨啊？

「嬌羞了。」

「嬌羞了。」

「嬌羞了。」

「嬌羞了呢。」

「……吶，艾莉絲。『嬌羞』這個詞，在南方很流行嗎？」

當然這在這個世界一點都不流行，只是因為有一次我不小心脫口而出，所以伊娜他們也開始對卡特琳娜使用這個詞。

「唉，算了……快點去盧克納財務卿家吧。」

霍恩海姆樞機主教似乎只以為是自己無法理解最近的年輕人的用詞。

為了交涉讓威格爾家復興的事情，他和我們一起趕往盧克納財務卿家。

「霍恩海姆樞機主教，託您的福，事情總算順利解決了。我本來還做好了多少會被占些便宜的覺悟……」

「那個男人最近也過得很辛苦，應該沒有那個餘裕吧。」

關鍵的讓威格爾家復興的交涉，很快就結束了。

雖然只要我拜託陛下，馬上就能獲得承認，但因為貴族社會非常麻煩，所以好像必須事先跟當初努力促成威格爾家被沒收領地的盧克納侯爵家協商才行。

如果遺漏這個程序，似乎有可能會因為惹對方不高興，而遭到對方的妨礙。

儘管覺得很蠢，但這種事在我當上班族時也經常發生。

每當有新的人事調動或企劃案時，若沒有事先好好說明，之後有些大人物不僅會大罵「我怎麼都沒聽說！」，甚至還會從中作梗。

因為人類是有自尊心的生物，所以這種事前商談也是必須的。

我們明明是抱著這樣的想法前往盧克納財務卿家，但對方不知為何一看見我們，就露出厭煩的

表情。坦白講，覺得麻煩的明明是我們這邊……

正確來說，讓盧克納財務卿臉色大變的原因，應該是和我們在一起的卡特琳娜。

「為什麼鮑麥斯特伯爵會和威格爾家的女兒在一起！」

該說真不愧是大貴族嗎？

盧克納財務卿似乎知道卡特琳娜的存在。

「請你答應我娶卡特琳娜，並讓我們生的小孩繼承威格爾家。」

「臭老爸！我詛咒你！」

看來對盧克納財務卿來說不只弟弟，就連父親都是扯自己後腿的存在。那個人大概和他弟弟一樣，都是只要對自己有利，就能毫不在意地踐踏他人的類型。

雖然我能理解這種理念，但做得太過火還是不太好。

畢竟即使那時候無所謂，也可能為後代造成極大的損失。

實際上那個人也真的樹敵眾多，盧克納財務卿在繼承當家之位後，應該非常努力地修復了和許多人的關係。而且看來他也不太喜歡自己的父親。

「不行嗎？」

「不，我允許……」

像這種交涉，通常還是趁對手虛弱的時候進行比較有利。

而且我們背後還有霍恩海姆樞機主教撐腰。

完全不需要擔心。

「那麼在小孩出生之前，就先讓卡特琳娜當榮譽準男爵吧。不是有一個能讓大貴族的女兒或王族，例外成為貴族的制度嗎？」

「你要我寫推薦書嗎？」

「可以的話，我希望你能掛名當推薦人。」

「我是無所謂，但威格爾家原本是騎士爵家……」

「領地可以從我的未開發地裡分出來。開發很辛苦，所以就當作是福利吧。」

雖然我也擁有任命幾個人當貴族的權利，但還是盡可能先省下來，之後會比較輕鬆，所以決定朝讓某個原本就存在的貴族家復興的方向交涉。

這也是羅德里希出的主意。他對盧克納財務卿這個伯父也沒什麼好感。

「我知道了……我願意掛名。」

「再來是……」

「還有啊！」

「其實前威格爾領地的家臣和居民，也想跟卡特琳娜一起走。」

搬家本來就不是件違法的事情。

不過前威格爾領地的代理官好像是盧克納財務卿的從堂兄弟，有必要預防搬家時產生不必要的摩擦與衝突。像這種時候，事前的報告、聯絡與協商非常重要，這點無論在哪個世界都一樣。

「我知道了，凱爾納那裡就由我來跟他說。」

凱爾納好像是盧克納財務卿的從堂兄弟的名字。這麼說來，我還沒見過他呢。不曉得是個什麼樣的人？

「還有一件事，關於威格爾家的開發援助金，希望你能稍微通融一下。」

目前未開發地的開發，絕大部分都是由我出資，我覺得這樣不太好。

王國有設立幾種補助金。

由於多餘的貴族子弟能擔任官職，因此有時會對他們的薪水給予幾年的補助，像姪子們或保羅哥哥那樣必須從頭開發領地的家族，也有機會獲得補助金。

要是威格爾家能拿到補助金，開發作業應該能進展得更快。

「不過卡特琳娜小姐應該也賺了不少錢……」

「雖然我也賺了不少錢，但這兩件事應該無關吧。這時候應該要讓財務卿大人爽——快地下達許可，修復和威格爾家的關係才對。」

「可是……」

基本上從事財務相關工作的貴族大多都很節儉，當然要說小氣也行。

我第一次和他見面時，他也打算對骸骨龍的素材殺價。

「如果不行，就只能去找李林塔爾伯爵家陳情了……」

雖然現在是由盧克納侯爵家擔任財務卿，但那個家族也是財務派閥的重要人物。

根據從霍恩海姆樞機主教那裡聽來的消息，等再過兩年，盧克納財務卿的任期屆滿後，就要換由李林塔爾伯爵接任。

只要去拜託他，盧克納財務卿應該也無法忽視那位實力和自己幾乎對等的大人物的陳情。

「唔唔……只有這件事，拜託千萬不要啊──！」

當然，盧克納財務卿不可能接受這件事。

要是我和卡特琳娜一起去陳情，李林塔爾伯爵家就能和我搭上關係。儘管卡特琳娜和李林塔爾伯爵家間的關係，早就因為以前沒處理好而斷絕了，但我沒義務告訴盧克納財務卿這件事。

「我知道了！我會出錢！」

「那真是太好了，卡特琳娜也來道謝吧。」

「感謝您允許我復興家門。考慮到您是丈夫的朋友，我也覺得繼續怨恨盧克納侯爵家不是件好事，就讓過去的一切，都當作沒發生過吧。」

「那真是太感謝了……」

雖然嘴巴上這麼講，但盧克納財務卿還是一臉不快。

這是因為一旦卡特琳娜獲得榮譽準男爵的爵位，當時的事情就會透過教會流傳出去。

威格爾家是因為荒謬的理由被貶為平民，這件事在貴族社會中可說是無人不知。

然後現在盧克納侯爵家允許卡特琳娜復興家門。

看在其他人眼裡，究竟哪一邊身為人的器量比較大呢。

當然是威格爾家的度量比較大。貴族社會非常重視面子，所以注意到這點的盧克納財務卿，當然沒辦法擺出好臉色。

「雖然不曉得能不能當成回禮，不如將來就從盧克納侯爵家的千金當中，挑一位年齡適合的對象與卡特琳娜生下的下任威格爾家當家聯姻……」

「這樣非常好……」

看來威格爾家的復興，已經不可能會被妨礙了。

因為最令人擔心的盧克納侯爵家，已經答應要把女兒嫁到威格爾家。

「幸好能夠順利談妥。」

「就是啊，鮑麥斯特伯爵大人。」

雖然有個人臉色很難看，但交涉總算順利成立了。

「嗯，既然交涉已經成立，那就沒問題了。」

儘管是在卡特琳娜生下孩子前的暫時處置，但她將獲頒榮譽準男爵的爵位。

明天王宮好像就會派使者來賜予她爵位。女性無法在謁見廳讓陛下親自封爵，算是這個國家封閉的部分。

話雖如此，因為事情都順利辦好了，我們正在霍恩海姆子爵家接受茶和點心的招待。

而我們也將魔之森產的水果當成土產交給對方。

雖然也有送盧克納財務卿，但他不曉得要再過幾天才有心情享受那些水果。

在被家人連累這方面，我也有過類似的經驗，所以稍微有點同情他。

「女婿，領地開發得順利嗎？」

「是的，目前進度比預定計畫還要快很多。」

果然用土木魔法進行開發，速度完全不同。

再加上雖然不像我那麼擅長，但同樣也會使用土木魔法的卡特琳娜也在。

包含新威格爾領地在內，只要她努力開發，計畫很可能又能繼續提前。

「那真是太好了。」

「畢竟是自己的地盤。」

「唉，地方貴族就是這樣。」

直到卡特琳娜取得榮譽準男爵的爵位為止，我們都在霍恩海姆子爵家打擾，之後為了確定新威格爾領地和準備搬家，我們才又急忙趕回鮑麥斯特伯爵領地。

「原來如此，盧克納侯爵也真是辛苦哩。」

卡特琳娜暫定取得榮譽準男爵的爵位，並取得了威格爾家的新領地，條件是那塊領地必須讓她和我生的孩子繼承。最後那塊領地的位置，被定在鮑爾柏格的郊外。

這樣就能具備和舊領地相同的條件，同時也能加快開發速度。

北方的利庫大山脈周邊是兩個鮑麥斯特家的領地，等預定要由姪子們繼承的邁巴赫家的人和物資流入那裡後，威格爾家就能在新領地活用以前在交通幹道旁邊經營驛站城鎮的經驗，同時確保能供給食材給鮑爾柏格的農地。

由於街道本身已經完成，因此我將旁邊的土地分封給新威格爾準男爵領地後，許多領民都忙著在那裡整頓驛站城鎮和農地。

「俺好久沒這麼忙了。」

「哎呀，真是不好意思，林布蘭特男爵。」

「不過鮑麥斯特伯爵也真行呢。雖然必須給對方新領地，但這樣就能直接將一批經驗豐富的人挖角過來。新妻子又是個漂亮的魔法師。」

在什麼也沒有的土地從頭建造驛站城鎮和農地非常花時間。

這時候從盧克納侯爵那裡得到的許可就派上用場了。

因為有人想過來開發新領地，所以也得到了搬遷的許可。當然這原本就是個人的自由，但照常理在他們搬家時，就必須捨棄留在舊領地的旅館或農地。

不過這個世界有「移建」魔法。

這次我靠霍恩海姆樞機主教的關係插隊預約，將位於舊威格爾領地的大部分民宅、旅館和商店等設施都移建到新領地，當然我本人也有幫忙。

等小麥收割完畢後，農地也會連同土壤一起移過去。

開墾新農地最大的難關就是養土。

雖然也可以用我的魔法大幅縮短時間，但當然是直接帶現成的比較輕鬆。

「那裡明明是王都附近的驛站城鎮，人口卻大幅流失。」

舊威格爾領地的領民們，大多不惜捨棄優越的地理條件也要搬到新領地。

透過林布蘭特男爵的協助，他們在連接鮑爾柏格和北方領地的交通幹道建立驛站城鎮，並將從舊領地帶來的土放進我和卡特琳娜新開墾的農地，開始準備種麥。因為農地還有剩，所以之後也準備種植稻米。

種稻的人手，主要是來自舊威格爾領地時代因為農地與工作機會不夠而被迫離開領地的領民之子，或是他們的家人們。

「舊威格爾領地未來已經沒什麼發展性了。」

「王都郊外不管哪裡都差不多是這樣，只有鮑麥斯特伯爵解放的帕爾肯亞草原是例外哩。」

舊威格爾領地時代，那裡最多只能養活一千名居民，多出來的就必須搬到外地。

不過由於周圍也都是類似的狀況，因此必須搬到非常遙遠的地方。

即使因為憧憬王都而試著搬到首都，大多數的人沒多久就會變成貧民窟的居民。

「即使如此，在帕爾肯亞草原開放後，狀況多少有點改善。」

「可是現在土地還有剩吧？」

「在鄉下地方開墾新土地，並不是件容易的事情。這裡是因為有鮑麥斯特伯爵在，所以才輕鬆許多。」

而且情報傳遞的速度也有差異。

即使貴族在離王都有段距離的土地募集人力開墾，還是會產生要怎麼向那些需要新農地的人宣傳的問題。

「現在土地確實是過剩。不過從開墾土地到獲得收入中間，有一段非常辛苦的過程。」

按照林布蘭特男爵的說法，要是開墾這麼容易，貴族子弟們就不需要擔心沒工作了。

「俺原本是個貧窮騎士爵家的四男，但幸好俺有魔法的才能。」

否則他的孩子一定會被貶為平民。

「舊威格爾領地已經發展到極限。不過如果是這裡，就能讓孩子與孫子住在附近。實際上在搬家時，舊領民們似乎也把他們的孩子、孫子與其家人都一起叫來了。」

舊威格爾領地的領民約有一千人，其中大約有九百人選擇搬來這塊新領地。

然而現在的新威格爾領地卻有一千兩百名領民。

再加上我邀請來鮑爾柏格周邊建設與經營新旅館的業者，以及在鮑爾柏格郊外的農地耕種的舊領民們，也有將近一千人。

雖然數量不多，但有些舊家臣們的子弟，現在也改為侍奉鮑麥斯特伯爵家。

羅德里希說得沒錯，復興威格爾家，同時也能為鮑麥斯特伯爵家帶來利益。

不過相對地，也有人因此吃虧。

那就是親戚在人口減少到只剩一百人，大部分的建築物都消失，農地也必須從養土從頭開始的舊威格爾領地擔任代理官的盧克納財務卿。

「因為王都郊外的知名驛站城鎮的人口突然大幅減少，所有的內閣官員都開始挖苦我……」

「我們不是有確實得到你的同意嗎？搬家原本就不犯法，我是因為對象是盧克納侯爵，才特地先徵求你的許可……」

「我知道了！我理解鮑麥斯特伯爵的誠意！」

前陣子在探索魔之森的地下遺跡時取得大量成果的我們，將其中的魔導行動通訊機便宜賣給熟識的貴族。這個魔導行動通訊機性能比現有的道具還要優異，所以盧克納財務卿馬上就用這個與我們通話。

沒想到第一次通話的內容就是領民們搬家後的舊威格爾領地的現狀，或許這正象徵了他遭遇的悲劇。

「那裡的地理條件很好，人口應該馬上就會恢復。」

「的確是有很多人表示想搬過去。」

由於地點很好，因此即使是空地也能賣到不錯的價格，此外我後來有將其他地方的土壤用魔法改良後，拿去填補那裡的農地，所以再過兩到三年應該就能恢復原本的收穫量。

舊領地的農地，沒多久就被那些雖然想從事農業，但因為考量到開墾需要的工夫而卻步的人買光了。

「雖然卡特琳娜說過願意不計前嫌，但考慮到威格爾領地的領民們的感情，現在吃點苦，盧克納財務卿之後也會比較輕鬆。」

「這我也知道。畢竟我族人的女兒將來可是要嫁給下一代威格爾準男爵。要是她被夫家欺負就太可憐了。」

儘管裝出一副深受其害的樣子，但盧克納財務卿果然也是大貴族，應該有一半是在演戲。

「大貴族們的心機，俺實在是學不來。光是用『移建』魔法賺錢，就讓俺竭盡全力了。不過這個新型魔導行動通訊機，真的是很好用呢。」

「我反而比較驚訝林布蘭特男爵以前居然沒有這個。」

「像這種小型魔導通訊機，很多人即使有錢也不會買。」

總之光製作就很困難，就算順利完成，也要優先提供給王宮或軍方。

因此就連有賺錢的林布蘭特男爵都沒打算購買。

「可是用在工作上很方便。」

「反過來講，也可能會被工作束縛。鮑麥斯特伯爵在這方面，意外地很會誘導人哩。」

我之所以想把魔導行動通訊機賣給林布蘭特男爵，是因為以後委託他工作的機會只會愈來愈多。

雖然找到了超過五百臺，但羅德里希有說過挑選賣家時必須慎重，因此現在放著沒用的數量還比較多。

除了曾參加那場探索的同伴有分到以外，陛下大概買了十臺，艾德格軍務卿和盧克納財務卿也差不多是這樣。

剩下的內閣官員，則是只能在任職期間向陛下借來用。

即使對方是身分高貴的大貴族，如果每個都賣還是會沒完沒了，所以我只賣給特別照顧過我的人。

當然我也給了霍恩海姆樞機主教五臺，他將一臺留在家裡用，剩下全都以我的名義捐贈給教會。

教會的其中一個力量，就是收集情報的能力，所以他們原本就擁有數量僅次於王家的魔導通訊機，新型的魔導行動通訊機對他們來說是不可或缺的。

雖然鮑爾柏格的教會還在建設中，但之後負責管理那裡的神父，帶了一張裝飾豪華的感謝狀給我。

當然，我也賣了五臺給我的宗主布雷希洛德藩侯。

「這個新型魔導行動通訊機，性能真是優異。」

布雷希洛德藩侯馬上就用那個與我通訊，並告訴我他已經把之前的舊型魔導小型通訊機賣給其他想要的富豪貴族。

「自己留著不好嗎？」

「很多貴族都在說只有我能從鮑麥斯特伯爵那裡得到好處，實在太狡猾了。所以我才把珍藏的寶物脫手。」

「賣了很多錢嗎？」

「原本就算有錢也買不到的東西，變成能花大錢買到，這樣已經算是給別人甜頭了吧。」

布雷希洛德藩侯的發言還是一樣充滿大貴族的風範，不過這個魔導行動通訊機不僅類似地球的手機，就連功能都一模一樣。

到底是什麼樣的構造？

根據說明書的記載，別說是國內了，只要是在這塊大陸，無論人在哪裡都能以清晰的聲音通話。

此外還有登錄聯絡人的功能。

實際打開我的魔導行動通訊機的聯絡人清單後，我發現除了平常的那些夥伴以外，剩下都是陛下和現任內閣官員，讓我覺得有點恐怖。

前陣子突然收到艾德格軍務卿的通訊時，我一開始還以為對方是流氓或犯罪者。

「薇爾瑪最近過得好嗎？缺的警備隊人員，我已經送幾名人才過去了！我有讓他們帶介紹信過去，要小心假貨喔！」

雖然聽起來好像很嚴重，但其實是因為有些認為這裡有職缺的人，開始帶著假介紹信來這裡應徵。不過再怎麼說羅德里希也不會被這種招式騙到。

「感覺好像很辛苦哩。」

「唉，習慣就好啦。」

與其說習慣，不如說我基本上是以土木工程為主，那些複雜的事情我全都交給羅德里希處理了。

「年紀輕輕，居然就如此達觀。」

不，有一部分是因為不看開就做不下去。

「威德林先生——！」

就在我於新威格爾領地的中心部，和剛結束移建工作的林布蘭特男爵聊天時，同樣剛和領民們說完話的卡特琳娜走向這裡。

「事情處理好了嗎？」

「是的，因為領地內的工作，我都交給海因茲的兒子阿萊克西斯處理。」

儘管卡特琳娜在當上榮譽準男爵後，積極地想要參與經營領地的事務，但後來還是被海因茲阻止。

「卡特琳娜大人的當務之急，是和鮑麥斯特伯爵大人產下子嗣。」

再來就是因為已經成為我的妻子，所以最好不要和我分開行動。

「請你們夫妻偶爾過來視察。關於領地內的開發狀況和資產狀況，我們每半年會交一份詳細的報告書。希望卡特琳娜大人和鮑麥斯特伯爵大人看完後，能夠不吝指教。」

「那是怎樣，好令人羨慕。」

海因茲在卡特琳娜的祖父被貶為平民時明明還很年輕，但他當時好像就獨自包辦領地內的所有政務。

因為海因茲十分能幹，所以在威格爾家解散後，也有其他貴族來挖角他，但他全都拒絕，堅持留在當地支持威格爾家。

「真好……既能幹又誠實。」

遺憾的是他已經超過六十歲，所以代理官的工作都是交給從小就接受他指導的兒子阿萊克西斯處理。

「不，等一下。不如說這樣正好。」

這麼一來，那位老練又能幹的人才就有空了。

於是我決定讓他擔任鮑麥斯特伯爵領地的顧問，輔佐羅德里希的工作。

因此他現在應該正在和羅德里希一起在鮑爾柏格處理開發業務。

「我要和威德林先生一起當冒險者，幹勁十足地賺錢。」

「別太拚命了。」

「威德林先生還是一樣沒什麼霸氣呢，然而卻立下了不少功績……」

「我只是運氣不好。」

沒錯，與其說我的運氣莫名地差，不如說我似乎擁有容易被捲入事件的特質。

要是這麼想，感覺又會發生什麼事，因此我決定不去想些多餘的事情。

「如果事情全都交給羅德里希，感覺會很辛苦，幸好現在有海因茲在。」

海因茲不僅為人明智，還是個老練的專家。他應該能巧妙地壓制定期就會失控，讓我背負過多工作的羅德里希。

雖然克勞斯也是同類型的人才，不過他能幹歸能幹，利用他的人自己也要小心，在父親他們離開後，對赫爾曼哥哥來說，他應該暫時會是不可或缺的人才。

儘管赫爾曼哥哥可能無法駕馭他，但現在還是先別去在意這種事情比較好。

雖然我的妻子增加了，但這對鮑麥斯特伯爵領地的發展有幫助，所以現在應該先坦率地感到高興。

第六話　男女容量配合的風俗

「該怎麼說才好……感覺比想像中還要簡單就結束了。」

「大家都經常這麼說。」

威格爾準男爵家的復興，很快就以驚人的速度定了下來。

因為盧克納財務卿的大力推薦，根本就沒有貴族表示反對。

陛下也說「現在當務之急是讓鮑麥斯特伯爵家安定下來，所以沒有反對的理由」，因此馬上就決定了。

此外，下一代威格爾準男爵家當家，與盧克納侯爵家千金的婚姻好像也獲得了許可。

雖然在與威格爾準男爵家有關的事情上吃了不少虧，但盧克納財務卿似乎因為這件事而大大保全了面子。

反倒是犯下失誤的李林塔爾伯爵面有難色。

在這樣的背景下，王宮派遣使者來找卡特琳娜，授予她名譽準男爵的爵位。

「卡特琳娜大人。」

「是的，吾將成為下屆威格爾準男爵之母，成為陛下、王國，以及人民的基礎。」

雖然和男性獲得爵位時的誓詞不太一樣，但這對赫爾穆特王國來說，就是如此特殊的例子。

儘管讓人納悶「萬一沒生小孩該怎麼辦？」，但在最壞的情況下，也還有領養這個手段，所以我並不太在意。

總而言之，只要有人繼承家門就行了。

輕易取得榮譽爵位後，無事可作的我們一面在霍恩海姆子爵家的庭院進行簡單的魔法練習，一面閒聊。

「就算是男性，也只是在陛下面前念一句誓詞就結束了。」

「畢竟陛下應該也很忙。」

卡特琳娜利用我教她的坐禪，進行讓魔力在體內循環的訓練。

因為不能在別人家的庭院亂放魔法，所以只能進行這種不會給周圍添麻煩的訓練。

「話說赫爾曼大人什麼時候要繼承爵位？」

「那邊也有很多事要處理……應該要等到情勢稍微安定下來以後吧。」

除了收拾科特的殘局，以及協助在隔壁開發領地的保羅哥哥以外，還必須重新開發自己的領地。

因為有太多事要忙，所以王宮也表示可以等情勢安定下來後再處理。

另外赫爾曼哥哥至少還必須再娶一位側室。

保羅哥哥也一樣，決定人選也很花時間。

兩人都已經有身分不高的正妻，要選擇一個鋒頭不會蓋過她們的側室意外地困難。

候補人選似乎最好是來自沒有職位又不富裕的家庭，而且還要是王都的名譽騎士爵家的次女以下。

作為將女兒送出去當側室的代價，那個家族將得到一筆補貼，或是求職時能獲得協助，其兄弟和親戚也能被僱用為陪臣。

盧克納財務卿、艾德格軍務卿和阿姆斯壯伯爵似乎會幫忙找候補人選。

「雖然他們兩人都希望能夠避免娶側室。」

現在已經夠忙了，而且我們兄弟都不像父親那樣好色。

儘管以父親當時的狀況來說，是有一些無可奈何的成分，但他也沒因此就比較節制，看在母親的眼裡，他果然還是個色鬼。

因為我在兄弟當中，是未婚妻最多的一個，所以被認為和父親最像，但我總覺得自己是被冤枉的。

「雖然還要再等一段時間，但赫爾曼大人預定將晉升為準男爵，如果只有一位妻子……」

儘管有極少數的大貴族堅持只娶一名妻子，但擁有多位妻子才是常態。

無論是為了順利經營家族而與其他家締結關係，作為正妻沒生下孩子時的預備措施，還是因為有經濟上的餘力所以必須接收多餘的貴族家女性這種類似救濟弱者的理由都有必要。

「埃里希哥哥和赫爾穆特哥哥，也無法避免娶側室吧。」

這畢竟是慣例，以那兩個人的個性，應該會勉為其難地接受吧。

「就這方面來說，因為我是女性，所以比較輕鬆。」

因為丈夫的人數不能增加，所以應該也有人對此感到羨慕。

會被能夠毫無後顧之憂地隨便玩玩的女性吸引，是男人的天性，如果要納為側室一起生活，就會產生許多麻煩。

感覺抱持這種想法的男性非常多。

「嗨，兩位都默默地在修行呢。」

此時一起借住霍恩海姆子爵家的布蘭塔克先生現身。

他似乎一大早就用通訊機通知布雷希洛德藩侯卡特琳娜的封爵儀式已經結束。

「默默地……是布蘭塔克先生叫我們每天都不能偷懶的吧？」

「當然，我也是每天都有在修行。」

無論再怎麼忙，布蘭塔克先生也一樣每天都會進行讓魔力在體內循環的訓練。

因為只要持續進行這種修練，就能維持並提升魔力的控制力。

至於透過坐禪讓魔力循環，則是我依靠前世的知識發明的獨創手法。

這個方法的效率似乎非常好，現在布蘭塔克先生和導師也會採用。

畢竟當初就連師傅都曾佩服地說「真虧你想得到」。

「這和魔力的使用效率、精密度和威力都息息相關，所以每天都不能偷懶。」

即使魔力已經停止提升，這依然是必要的訓練。

「再加上我的魔力還在成長中。」

卡特琳娜今年才十六歲，所以魔力跟我一樣仍在提升中。

「真是令人羨慕。」

布蘭塔克先生雖然是個優秀的魔法師，但本人也經常抱怨希望魔力量能再多一點。

可是他也經常嘟囔著說這是一出生就決定好的事情，所以無可奈何。

「不過再怎麼說，應該也快到極限了。」

卡特琳娜的魔力，在上級中也算是非常頂級。

所以本人也不認為自己能再有戲劇性的成長。

「既然如此，不如就和小子進行容量配合怎麼樣？」

「唔！容量配合嗎？」

布蘭塔克先生一建議卡特琳娜和我進行容量配合，她馬上就紅著臉低下頭。

我無法理解她為什麼要這麼害羞。

「沒什麼好害羞的吧。畢竟你們將會成為夫妻。」

「那個，我不太能理解狀況……」

「什麼？艾弗那傢伙沒跟你說嗎？」

因為魔法師的世界非常狹窄，所以我不知道與容量配合有關的特別風俗。

考慮到當時時間有限，師傅應該也沒有餘力教我。

他究竟是忘記……還是等著在那個世界看我困惑的樣子取樂呢？

「所謂男女進行容量配合，其實就是……」

雖然我覺得有點牽強，但這似乎會讓人聯想到某種性行為。

所以在雙方性別不同時，光有師徒關係還不夠，只有在戀人或相當夫婦的關係才會進行。

「如果兩邊都是同性，那就只是純粹的師徒關係。在女性的情況，如果對象是兄弟或父親也沒問題。」

「哪有這樣的，明明魔法的才能就不會遺傳……」

這個世界的女性果然很吃虧。

即使是魔法的師傅，只要對方是異性，除非雙方是戀人、未婚夫妻或夫妻之類的關係，否則都不能進行容量配合。

只要一進行，就會被周圍的人看成是那樣的關係。

「再來就是和自己的小孩進行也沒關係。」

「那也不太現實呢。」

「雖然數量稀少，但也是有親子都是魔法師的例子。」

這麼說來，我想起之前曾經因為導師的請求，和王宮魔導師與見習魔導師們進行容量配合，當時的對象也都是男性。

「唯一的例外……」

就只有在那時候順便一起進行容量配合的露易絲。
「我的情況，是因為已經確定會成為威爾的妻子。」
「咦？是這樣嗎？」
然後她在不知不覺間也加入了對話。
「在我心裡這已經是確定事項了。」
「原來如此。」
雖然我完全不曉得這樣的風俗，但一起進行容量配合的王宮魔導師們當然都知道。看來在那個時間點，露易絲就已經確定會成為我的妻子了。
「再來就是……」
這麼說來，我還住在王都時，也曾和艾莉絲進行過容量配合。
遺憾的是儘管魔力量並沒有提升多少，她還是因為魔力突然增加而病倒了兩天。
再來就是伊娜和薇爾瑪，兩人原本魔力就不多，而且早已成長到極限，所以並沒有和我進行容量配合。
因為魔力量只有初級以下所以沒被當成魔法師的人，不會進行容量配合。
「艾莉絲也沒跟我提過這件事。」
「她以為你原本就知道吧。反正之後都會成為夫婦，所以沒有任何問題。話說卡特琳娜姑娘不進行容量配合嗎？」

「我、我嗎？」

覺得應該交給卡特琳娜決定的我，將視線移向她，她不知為何顯得非常動搖。

而且還滿臉通紅。

「根據我的猜測，卡特琳娜姑娘的魔力量應該不會超過伯爵大人。雖然可能會讓妳感到不甘心，但趁現在將魔力量提升到極限，能使用的魔法種類和精密度也會提升……」

布蘭塔克先生知道卡特琳娜和我剛相遇時發生的事情，所以認為她是對魔力量輸給我這件事感到不甘心，才不積極進行容量配合。

他發揮教育許多弟子累積的經驗，平靜地說服卡特琳娜。

「妳不願意嗎？」

「不是……並不是這樣……」

卡特琳娜再次變得滿臉通紅，低著頭忸忸怩怩地回答。

「既然如此……」

「那個！在那之前，我先去洗個澡換件衣服！」

「啊？」

突然說出奇怪的話後，卡特琳娜迅速衝回霍恩海姆子爵家。

留下完全搞不清楚狀況的我和布蘭塔克先生。

「這到底是怎麼回事？」

「那位小姐到底有多不習慣男性啊。」

儘管外表看起來好勝又擅長應付男性，但她光是聽見要與我牽手進行容量配合，就說要洗澡換衣服，這樣一看就知道她完全不習慣男性。

「不如說不可以讓她意識到對方是男性。」

「這樣啊。」

無論是卡特琳娜認識我們之前遇到的冒險者，在土木工程現場遇到的男性作業員，還是導師、布蘭塔克先生和艾爾他們。

她在面對這些人時都不會顯得動搖，大概是在成為我的未婚妻後，才突然害羞起來。

「那位小姐初夜的時候，腦袋該不會爆炸吧？」

「爆炸……再怎麼說應該不至於會那樣吧。」

在那之後過了三十分鐘，卡特琳娜洗完澡、稍微化妝一下，噴了香水後才回來。

服裝也不是平常的皮革洋裝，而是看起來很昂貴的絲質洋裝。

雖然從卡特琳娜身上隱約飄散出來的玫瑰香水味，更加強調出她的美麗，但我和布蘭塔克先生的頭上都浮現出一個大問號。

有必要為了區區容量配合，做到這種程度嗎？

「（呃，雖然男女進行容量配合帶有那樣的性質，但有必要這麼精心打扮嗎？）」

「（誰知道？唉，反正只要正常地進行容量配合就行了。）」

卡特琳娜果然是個有點脫線的人，但覺得這樣很可愛的我，馬上就和她進行了容量配合。

「吶，威爾。你該不會在庭院跟卡特琳娜做了奇怪的事情……」

「沒有！才沒這回事！」

卡特琳娜在換衣服時，似乎還拿了好幾件內衣詢問伊娜的意見，所以等我們做完容量配合進屋時，馬上被伊娜用奇妙的眼神注視。

第七話　即使是冒險者，也需要旅館

「雖然因為卡特琳娜大人的事情而暫時中斷，但魔之森附近的村落果然還是需要最低限度的住宿設施。」

在我和卡特琳娜訂完婚後，羅德里希對我提出新的建議。

「這我也知道。所以之前才會向冒險者分部陳情吧。」

「儘管多少有覺悟可能要花一點時間，但多虧了卡特琳娜大人，看來計畫能夠提前了。」

「卡特琳娜？」

雖然沒有我那麼擅長，但她也很會使用土木魔法。

是指她加快了工程的速度嗎？

不過冒險者用的村落，應該早就整好地了。

就算是魔法，也無法大量確保能讓那麼多冒險者住宿的旅館，而且還要考慮人員問題。光用魔法，不可能變出或教出經營旅館的老闆和工作人員。

「主公大人，我們不是多了能辦到這點的家臣嗎？」

「你是指海因茲嗎？」

「除了他以外，也沒有其他人了。」

海因茲以前是威格爾家的侍從長，現在則是以顧問的身分在輔佐羅德里希。他似乎也擅長經營旅館。

「畢竟他在王都附近的驛站城鎮頗有名望。」

在海因茲擔任侍從長的時期，經營驛站城鎮就已經是威格爾家的主要產業，所以他在這方面具備充分的知識和技能，在威格爾家被沒收領地後，他似乎也是靠經營旅館來賺取生活費。

「海因茲大人不只會教育經營者和員工，在旅遊公會也很吃得開。沒道理不找他幫忙。」

「你說得有道理……」

本來期待能壓抑羅德里希的海因茲，反而增加了我的工作。還有比這更諷刺的事情嗎？

「海因茲有說什麼嗎？」

「他說會全力回應主公大人的期待。」

雖然感覺羅德里希比較期待，但就算這麼說也沒用。

同為冒險者，在看見因為沒有住宿設施而露宿野外的同行時，我也會感到同情，所以決定立刻開始處理。

「所以又要去王都嗎？」

我本來以為要直接去現場，但今天變成要和海因茲一起去見某位人物。

「是旅遊公會的高層嗎？」

「不，那些人事後再去拜訪就行了。」

帶著我們同行的海因茲，不知為何走在王都的商業區，他似乎和人約了在那裡見面。

「人員還可以靠我的人脈來找，但旅館的建築物本身，就超出了我的能力範圍。」

於是他似乎麻煩了某位能處理這類事務的人。

「感覺之前也遇過類似的狀況？」

「我也這麼覺得。」

艾爾也贊同我的發言。能夠在這種時候準備必要建築物的人，除了那個戴眼鏡的可疑房屋仲介以外，我也想不到其他人。

「哎呀——您似乎又大大活躍了一番，居然能夠復興威格爾家，真不愧是鮑麥斯特伯爵大人。」

「果然是你啊……」

里涅海姆先生不意外地登場，艾爾勉強擺出笑容回應。

「你的交際真廣。」

「是的，房子與土地這種東西，不是這麼容易就能轉賣給別人。像我這樣的小本經營者，平常就必須細心地行動。」

雖然他給人的印象，比較接近輕易地就將大量不動產轉賣給別人。

「可是你看起來還滿賺的。」

「不不不，我不過是持續做些小生意，賺些小錢而已。」

「（如果這個大叔賺的錢也算小錢，那大部分的商人應該都沒賺錢了……）」

我忍不住同意艾爾的低喃。

「聽說您這次在找冒險者城鎮專用的旅館？考慮到我和海因茲大人的交情，尤其這次又是來自鮑麥斯特伯爵大人的指名。我會盡全力為各位找到划算的商品。」

雖然里涅海姆先生很可疑，但總是會為我們帶來利益。里涅海姆先生似乎誤以為這次是我特地指定他幫忙，儘管我並不像艾爾那麼警戒他，但心裡還是深切希望能解開這個誤會。

「首先是這棟房子。」

由於蓋旅館很花時間，因此我們打算直接找中古屋。

手法和之前取得一般建築物時一樣。畢竟沒辦法使用「加速」魔法，直接讓建設速度變快好幾倍。

「這間旅館看起來維護得很好呢。」

儘管艾莉絲客套地如此說道，但其實這間旅館並沒有那麼好。講好聽一點是走懷舊風格，講難聽一點就是破舊。

「老闆正在考慮改建。」

「不過看起來還能繼續使用。」

「啊，艾爾文大人，這是有原因的。」

因為許多人都會基於各種的理由拜訪王都，所以在這裡經營飯店或旅館的業者也很多。由於新加入的業者很多，因此每隔一段時間都會有新旅館開張。

「儘管要視使用者的財務狀況而定，但一般人都會想住又新又便宜的旅館吧？」

至於服務好不好、東西好不好吃、老闆和工作人員的個性如何，除非有先住過一次，否則根本無法確定。第一次利用的客人在挑選旅館時，通常只透過外觀和價格決定。

「所以最近的傾向是只有具備長年實績的老店，以及由資本雄厚的商會經營的旅館比較容易留下來。」

隨著競爭愈演愈烈，王都的小旅館經營狀況也愈來愈嚴苛。

「為了贏過其他旅館，許多老闆都下定決心要改變裝潢或進行改建。」

透過重新開張來吸引客人，然後從中獲取常客。

「你找的是這種不動產啊。」

「因為經營狀況嚴苛，所以大家改建的機會也變多了。」

「原來如此。」

做生意還真是辛苦。

「那果然也有因為破產而拋售的不動產囉？」

「是的，這是當然。」

否則就不符合里涅海姆先生的風格了。在產生這樣的想法時，或許我已經變成他的同類了。

「請看這間。」

在決定改建的旅館旁邊，還有另一棟老舊的旅館。這裡完全感覺不到人的氣息。

「這裡的老闆打算停業，將這棟旅館賣掉是也。」

「實際聽說之後，還是會讓人覺得難過呢……」

伊娜說得沒錯。生意失敗的事情，即使聽了也不會覺得有趣。

「唯一值得慶幸的是，似乎很少有人持續努力到被欠債壓得喘不過氣。」

因為旅館不好經營這件事，在業界非常有名，所以即使是從父母那裡繼承下來的店，還是很多人早早就選擇放棄。

「賣掉旅館，自己去其他旅館工作也是一種方法。」

只要成為員工，每個月就能固定獲得一筆收入，生活也不會那麼困難。

「總而言之，這次也要集合這種不動產，進行『移建』嗎？」

「是的。至於經營技能和確保人才的部分，則是海因茲大人的專業領域。」

「海因茲，你覺得怎麼樣？」

「現在必須盡快為冒險者們提供住宿的地方。這符合我們的條件。」

對露宿的冒險者們來說，即使是王都的舊旅館，也算是非常高級了。

「壓低初期的投資，也能讓住宿費變得便宜一點。」

按照海因茲的說法，只要住宿費便宜，冒險者們應該也會全都跑來住宿。

「即從經營層面來看，這對我們也很有利。畢竟那裡是鮑麥斯特伯爵領地。」

儘管旅遊業在王都與其直轄地競爭非常激烈，但在貴族的領地似乎就沒那麼誇張。

理由是為了從領民那裡多收一點稅金，貴族通常會保護當地的商會和產業。

「雖然也有人認為那樣不好，但我覺得像王都那樣只剩旅遊公會幹部經營的大資本旅館能夠賺錢，小旅館們只能勉強經營的狀態也不太好。」

我記得以前曾經聽說過大資本商會經營起來會比較有利，看來這個世界也存在相同的結構。

「因為魔之森周邊欠缺旅館的消息已經逐漸傳開，再過不久應該就會有經營旅館的大商會來拜訪主公大人。」

「要是同意他們進駐，就會變成只有他們賺錢嗎？」

一旦利益流向大商會，鮑麥斯特伯爵領地將無法培育產業。

因此針對旅館的經營體制，海因茲似乎也想了一套方法。

「雖然是我在舊威格爾領地用過的方法。」

那裡也是從貴族領地變成直轄地。驛站城鎮的旅館，也曾遭遇過大資本商會的資本攻勢，當時是海因茲阻止了他們的野心。

「幸好威格爾家有許多包含現金在內的資產，因此就以那些資產為資本設立了商會。」

海因茲似乎將舊威格爾領地的領民們經營的旅館整合起來，協力驅逐了想從王都擴展勢力的大商會在那裡經營的旅館。

「我們的常客原本就多，所以執行起來並沒有那麼困難。」

此時卡特琳娜開始賺錢，海因茲他們的資本又變得更加雄厚，儘管那裡的地理條件很好，但大商會在發現自己沒有勝算後，也只能選擇放棄。

「不過我們在搬家時，高價將土地賣給了他們。」

舊威格爾領地的地理位置，非常適合發展驛站城鎮。在搬到新領地前，海因茲似乎將土地高價賣給了那些想重新建設驛站城鎮的大商會老闆。

「只要威格爾家的資金增加，之後行動起來也會比較方便。」

繼羅德里希之後，我又被海因茲的能幹嚇了一跳。明明只要他有那個意思，想盜用多少公款都沒問題，但他依然忠誠地扮演威格爾家能幹家臣的角色。

真希望克勞斯也能好好向他學習。

「卡特琳娜，幸好海因茲非常優秀。」

「海因茲家，代代都將我們家服侍得非常好。」

我以前一直覺得卡特琳娜有點不對勁，現在總算知道理由了。她這個人並不笨，不僅擁有正常的經濟觀念，也懂得算錢。不過她極度欠缺商業方面的知識。她似乎認為貴族不需要那種東西，只要家臣海因茲說需要錢，她就會乾脆地拿出來。如果被奸臣所騙，她應該就會被當成庸君吧。

「（那個……因為卡特琳娜大人是優秀的魔法師。）」

海因茲似乎看穿了我的想法，小聲地替卡特琳娜說話。

「鮑麥斯特伯爵大人和艾戴里歐大人之前開創了新的飲食店經營模式，就用那種方式，在魔之森附近大量開設旅館吧。」

讓鮑麥斯特伯爵家和威格爾家合資設立專門經營旅館的商會，然後以加盟的形式開設旅館。工作人員方面，預定將由海因茲透過人脈召集。同時他也會對以前經營旅館失敗，或是缺乏經驗但想入行的人進行教育。

雖然新的威格爾領地也正在建設驛站城鎮，但因為還沒有客人來，所以目前正處於被鮑爾柏格僱用的狀態。所以應該也會從那裡派有經驗的人去魔之森周邊。

「真是完美的計畫。」

「還是要實際執行過才能知道結果，所以現在還不能大意。」

即使如此，他給人的感覺還是非常有自信。

「就全部交給海因茲處理吧。」

「（我會負起責任，教育卡特琳娜大人的孩子……）」

然後對做生意一竅不通的卡特琳娜，就像個庸君般將事情全部丟給海因茲處理。

海因茲也不忘再次替主人說話。

「不過光靠這些旅館，應該還是不夠吧？」

「是的，露易絲大人說得沒錯。這時候就要活用我的人脈和情報。」

停業或準備拆除的建築物並沒有那麼多，如果想確保夠多能當成旅館利用的不動產，果然還是需要這個可疑的里涅海姆先生的力量。

由於我們不趕行程，因此之後坐了整整一天的馬車，來到某個王都外的貴族領地。

「這塊領地看起來好像沒什麼特別。」

我的感想和露易絲一樣，這裡看起來只是個自然景色多一點的農村地區。

「這裡有旅館嗎？」

「是的，而且品質非常好。」

我們在里涅海姆先生的帶領下走出馬車，前往目的地。

雖然路上有看到幾名正在務農的農民，但這裡真的是什麼也沒有的農村地區。

走了一段路後，我們發現幾棟與景色不合、走整潔民宿風格的建築物，以及看似農舍的住家加起來大約有幾十棟。

「這裡是度假村嗎？我對這裡沒什麼印象……」

「艾莉絲大人，這是因為……啊！是盧克納財務卿閣下！」

我們在這裡再度遇見盧克納財務卿。他還帶著一名年齡與他相近的貴族。

「艾莉絲大人，這裡可以說是開發度假村的夢想的痕跡……」

「里涅海姆，全部都交給你說明吧。」

「遵命。」

站在盧克納財務卿旁邊的貴族，不知為何看起來很沒精神。

「這裡是一位與盧克納財務卿閣下有親戚關係的貴族大人的領地……」

因為主要產業只有賣給王都的食材，所以並不富裕。

就在領主設法增加現金收入時，腦中突然浮現出將這裡打造成觀光勝地的計畫。

「不過這個地區應該沒有觀光景點吧？」

只要有觀光客來就能賺錢。基於這種隨便的想法，領主沒擬定什麼計畫就開始開發度假村，現在光是維護蓋好的建築物，就成了一筆沉重的負擔。

以前就算貧窮，至少還不必跟人借錢，現在光是為了還債就非常辛苦。

「（以前好像也聽過類似的狀況……）簡單來講，就是想將這些建築物賣給我們？」

在我的前世，也有官員用年金資金與稅金在地方打造度假設施，但結果不僅嚴重虧損，還必須花費稅金維護設施，引來媒體的批判。

「為了讓他儘早把欠債還清，能不能盡量開個好價錢？」

畢竟困擾的人是自己的親戚，盧克納財務卿之所以會出現在這裡，除了因為他和我有些交情以外，再來就是擔心這裡被里涅海姆先生賤價收購吧。

「鮑麥斯特伯爵，關於威格爾家的復興，我也出了不少力……」

「不能賣給領民們嗎？」

「因為不是一般的住宅……」

即使想便宜賣出減少虧損，旅館也不方便領民使用。而且這東西又不便宜，所以誰也不願意買。

「我不太清楚不動產的行情，所以還是交給代理人吧。」

而我的代理人，當然就是里涅海姆先生。

「（殺價別殺得太狠啊。差不多就行了。）」

「（是的，我會適當地處理。）」

幸好里涅海姆先生對這方面的人情世故非常敏感，所以即使看起來可疑，大家還是會和他做生意。

將成為不良資產的旅館以適當的價格賣出後，負債貴族的欠債也消滅了不少。

「你該不會打算收集這種貴族的不良資產，來建設驛站城鎮吧？」

「是的，卡特琳娜大人。這樣下去，這些不動產不是因為維護管理費造成虧損，就是只能放著腐朽，將這些東西重新利用，才是能讓所有人都獲得幸福的方法。」

「這樣啊……」

卡特琳娜似乎也被初次見面的里涅海姆先生的可疑氣息給壓制住，不過這也是理所當然。畢竟在這次的交易中，獲益最多的人應該就是他。

「收購的不動產，預定將馬上請林布蘭特男爵『移建』到魔之森附近。」

雖然這怎麼看都像是在利用別人的弱點，強硬收購變成不良資產的不動產，但如果不靠這種方法，應該也無法在短期內整頓好驛站城鎮。

實際上在那之後不到一個星期，就有許多旅館被「移建」到我和卡特琳娜初次相遇的魔之森附近的村子，冒險者們也因為能睡在有屋頂的房間而開心不已。

公會分部也總算從臨時搭建的小屋換成比較像樣的建築物。

「不好意思，連公會分部都勞您費心。」

那似乎是便宜買下某個地方貴族的官舍，再用「移建」搬過來的。

「里涅海姆先生真擅長找這種不動產。」

「是的，因為我平常就非常努力在收集情報。露易絲大人將來需要魔鬥流道場時，也請多多指教。伊娜大人也一樣。」

「咦？我嗎？我再考慮看看。」

「我也是。」

來參觀總算湊齊一定數量旅館的村落時，里涅海姆先生若無其事地向露易絲和伊娜推銷。

突然被叫到名字，伊娜慌張地回答。

「鮑麥斯特伯爵大人算是老主顧了，我會特別給各位優惠。」

老主顧啊……的確，里涅海姆先生在認識我以後，應該多賺了不少錢。

「話說這裡人手足夠嗎？」

「是的，雖然有很多生手，但勉強能透過教育解決。」

除了這裡以外，海因茲還要將旅館「移建」到其他十幾個仍在建設、預定要給冒險者使用的村落，作為這項工作的負責人，他預定要留在現場一段時間。

「不過我們已經將王國各地的不良資產都買得差不多了，接下來應該沒辦法再靠『移建』解決了吧？」

「伊娜大人，只要像這樣創造出商機，就會有個人想要開設旅館，人潮也會自己聚集。」

和王都與直轄地相比，個體戶在鮑麥斯特伯爵領地經營成功的機率比較高。

根據海因茲的說明，只要開發魔之森周邊，等冒險者聚集起來變熱鬧後，自然就會有以他們為目標的商人蜂擁而來。

「就是會發生良性循環吧。」

「是的，這麼一來，新旅館、商店、餐廳和酒吧的建設也會有所進展吧。而且王國非常廣大，貴族也很多。無論哪個時代，都有一定數量的人因為認為自己能賺錢而在豪邁地投資後失敗，導致手中多出難以脫手的不良資產。要是之後又有找到划算的不動產，我一定會優先通知鮑麥斯特伯爵大人。」

里涅海姆先生接在海因茲後面說明。

簡單來講，就是那些認為會賺錢而隨便開發度假村失敗，因此握有不良資產的貴族不會減少。

里涅海姆先生會迅速找出這些不動產，再便宜地賣給我。

「（威德林先生，你不覺得這個人有點可疑嗎？）」

「（這我從好幾年前就知道了……）」

雖然和里涅海姆先生是初次見面的卡特琳娜覺得他很可疑，但這對我們來說，是早就經歷過的道路。

這件事也讓我反思，希望自己未來不會站在被別人便宜收購資產的立場。

「鮑麥斯特伯爵大人，其實我想讓您見一個人。」

鮑麥斯特伯爵家顧問兼魔之森附近驛站城鎮建設負責人海因茲，和林布蘭特男爵一起合作，充滿活力地工作。

這樣的他，說希望能讓我見一個人。

「是和旅遊業有關的人嗎？」

「是的，請問鮑麥斯特伯爵大人對溫泉有興趣嗎？」

倒也不是沒有。因為我以前是日本人，所以喜歡浴池和溫泉。不過根據書本上的記載，王國的溫泉數量不多，即使翻閱王國最新的觀光導覽書，上面也很少有名的溫泉。

鄰國阿卡特神聖帝國的北部，倒是知名的溫泉勝地。

「要辦溫泉旅行嗎？」

「不，是要在鮑麥斯特伯爵領地開發溫泉。」

「如果真的有溫泉，那的確是很令人高興……」

我沒來由地產生一股奇妙的預感。畢竟就像有貴族因為開發度假村失敗而虧損一樣，應該也有貴族因為開發溫泉失敗而虧損。

雖然只要挖到溫泉就能賺錢，但難保不會有詐欺師欺騙貴族。

「我們領地有溫泉嗎？」

在探索開發地時，有發現會噴出蒸氣的場所。雖然我稍微用魔法挖了一下，但仔細想想，不具備溫泉知識的我，根本不可能挖到什麼成果。

在那之後，我都是用魔法燒熱水泡澡。

「因為發現了水蒸氣，而且地點離這裡很近。根據我的判斷，應該幾乎可以確定是溫泉。」

「海因茲也懂溫泉啊？」

「我有認識比我還了解的人，所以想將他介紹給您。來開發讓冒險者們休息時能過去玩的溫泉吧。」

在海因茲的建議下，我決定去見一對據說很了解溫泉的父子。

他們似乎住在一個觀光導覽書上也有記載的知名溫泉地。

「威德林大人，好期待能看見溫泉呢。」

「真令人期待。」

因為是在這個世界第一次見到的溫泉，所以我也興奮了起來，在去程的馬車上，和艾莉絲他們一起開心地聊天。

「鮑麥斯特伯爵大人，很抱歉在您正高興時掃您的興……」

抵達現場後，海因茲愧疚地如此說道。
馬車抵達的溫泉，不知為何沒有冒出水蒸氣。
雖然有許多間住宿設施，但完全感覺不到人的氣息。
「咦？為什麼都沒有人在？」
率先走下馬車的艾爾察看旅館和商店內的狀況，發現到處都沒有人。
「吶，海因茲。」
「這個……事情是發生在約一個月前……」
當時溫泉似乎突然枯竭了。儘管業者連忙在附近重新挖掘，但還是沒找到新的源泉。
「這樣下去，這裡明年就會被人從觀光導覽書上刪除。」
沒有溫泉的溫泉，當然沒有去的價值。
「威爾大人，沒有溫泉嗎？」
「不曉得耶？如果重新挖掘，運氣好或許能找到新的源泉。」
我向薇爾瑪說明，如果能找到當然是最好，但如果找不到，大家就要失業了。
「鮑麥斯特伯爵大人，我們先去見我想介紹給您的人吧。」
在海因茲的帶領下，我們移動到這個溫泉勝地最大的旅館。
然後在旅館前面，已經有兩名看似父子的男性在等待我們。
「我是馬修，這是犬子巴頓。」

這對個性和善的父子，外觀看起來分別是五十幾歲和二十幾歲，他們似乎非常期盼我們的到來。

「鮑麥斯特伯爵大人，歡迎來到雷卡路特溫泉……雖然這裡現在沒有溫泉……」

「我是鮑麥斯特伯爵。總而言之，你們打算放棄這個溫泉，重新開發新的溫泉嗎？」

「是的，即使發現新源泉，也不足以支撐這麼多溫泉旅館。」

就算發現新源泉，只有一個也無法滿足整個溫泉區的需求。

「雖然我們已經挖了好幾十個地點，但至今仍未挖到溫泉。這下或許只能放棄了。您要參觀一下現場嗎？」

「威爾大人，我們去看看吧。」

「說得也是。」

我對挖掘溫泉有興趣，就當是個經驗也好，於是我們前往挖掘現場。

許多人都在自己推測的地點用十字鎬挖掘……我本來預期會看見這樣的場景，結果卻聽見似曾相識的吆喝聲。

「必殺！『巨人之鎚』！」

「咦？導師？」

導師不知為何正在挖溫泉。

他用魔法將法杖變成鐵鎚，全力將挖掘樁打進岩層。

導師每揮一下鐵鎚，就會傳出足以震破耳膜的岩石粉碎聲。

「導師，為什麼你會在這裡挖溫泉啊？」
「喔喔，這不是鮑麥斯特伯爵嗎？這個問題問得好！在下是這個溫泉的常客，然而這裡的溫泉卻突然沒了！既然如此，就該輪到在下出場了吧？」
「喔……」
「喂，威爾。挖溫泉是王宮首席魔導師的工作嗎？」
「我想應該不是……」
不過從導師的角度來看，他應該比較想把王宮首席魔導師的雜務都交給部下處理，將心力都花在讓自己最喜歡的溫泉復活吧。往好處想，幫忙讓有許多王國領民使用的溫泉復活，也算是為了公共利益。
當然就連這麼說的我，都不認為導師會基於那樣的想法行動。
他只是想泡溫泉而已。
「導師，有挖到溫泉嗎？」
「是薇爾瑪姑娘啊，在下已經挖了幾十次，但完全挖不到！」
「事情就是這樣，所以我們父子打算將希望賭在新的溫泉上。」
挖不到溫泉，即使重新開業也無法保證能順利。因此馬修和巴頓父子，表示想參加鮑麥斯特伯爵領地內的溫泉開發行動。

隔天，我和馬修與巴頓一起前往海因茲認為有希望的溫泉開發預定地。

「這裡感覺能挖到好溫泉呢。」

馬修對這個位於魔之森附近的地點給予極高的評價。

「是嗎，那真是太好了！」

另外明明沒有人邀他，但導師不知為何也來參加挖掘溫泉的行動。

「舅舅，雷卡路特溫泉那邊沒問題嗎？」

「艾莉絲啊，雖然在下也試著努力過了，但挖不到的東西就是挖不到！雷卡路特溫泉將成為在下美好的回憶。」

「願神保佑曾是雷卡路特溫泉的那塊土地。」

這對舅甥的對話真是難解……

只在乎能不能泡溫泉、馬上就投靠到我們這邊，在某方面來說「非常有個性」的導師，以及輕鬆迴避話題的艾莉絲。該說這兩人真不愧有血緣關係嗎？

「別在意，直接挖就對了！」

「雖然我本來就這麼打算。」

在導師的催促下，我以挖井的要領開始挖掘岩層。

「沒出來呢……」

「鮑麥斯特伯爵，這裡雖然有地熱，但不是火山帶。必須再挖深一點才行！」

「你還真清楚呢……」

在導師的催促下，我像挖井般挖了一百公尺深後，突然湧出了熱水。

我連忙用「魔法障壁」擋住熱水。

「喔喔！出來了！」

馬修急忙確認熱水的狀況，這些熱水似乎有達到溫泉的標準。

「哎呀，真是太好了。這樣就能努力經營溫泉旅館了。」

找到新的開業地點，讓馬修和巴頓都非常開心。

他們之前應該已經做好再這樣下去，就必須放棄從事溫泉業的覺悟。

「不過在將旅館和設備搬來這裡前，必須先稍微整一下地。」

「……」

雖然挖到了溫泉，但如果想享受溫泉，我似乎又得進行土木工程才行。

「可是，威爾。溫泉！是溫泉啊！」

「我第一次泡溫泉呢。」

「伊娜，我跟妳一樣。」

露易絲和伊娜出身的家庭，都沒有富裕到能輕鬆去觀光勝地遊玩的程度。所以她們看起來非常期待。

「威爾大人，要一起泡溫泉嗎？」

原來如此，說到溫泉就會讓人想到混浴……我向艾莉絲確認這個世界的狀況。

「如果是家人或夫婦，就會一起洗澡，溫泉也是一樣。」

意思是只要結婚，就能夠混浴嗎？

「感覺突然有幹勁了！」

擇日不如撞日。話說羅德里希似乎看穿了我的思考。

畢竟我在湧出熱水的源泉附近進行土木工程，或是為了方便冒險者客人前來，用魔法整頓街道的這段期間，羅德里希什麼都沒說。

「卡特琳娜，我們要努力做工程囉！」

「威德林先生，你就這麼想泡溫泉嗎？」

「溫泉很棒喔。」

因為不能說我是想混浴，所以我拚命向卡特琳娜宣傳溫泉的好。

當然在這段期間，我也沒有鬆懈工程。

「而且泡溫泉也是個有效的溝通手段。」

大家可以邊泡澡邊聊天，要是在泡完後還能喝個冷飲又更棒了，我極力向卡特琳娜推薦這種作法。

「和艾莉絲小姐她們一起泡溫泉聊天嗎？聽起來不錯呢。」

不愧是孤單屬性和我一樣強的少女，她馬上就被我說的話吸引。

「沒錯，大家一起泡溫泉，藉此加深彼此的友情。」
「真是太棒了。」
「卡特琳娜，等溫泉完成後，我來幫妳洗背吧。」
「那真是令人高興……不對，威德林先生！那種事請等結婚後再做！」
看來她沒有上當。
和外表相反，她對那方面的男女情事非常嚴格。
「我只是在開玩笑。」
「真的嗎？」
當然是假的。先不管混浴的事情，為了泡期待已久的溫泉，工程順利地進行，雖然從冒險者城鎮通往這裡的街道和馬修先生經營的溫泉旅館，數量都還不多，但在不斷趕工後，還是完成了一座小溫泉街。
「等客人很多的消息傳出去後，應該會有更多業者進駐。」
在費了一番工夫後，我們甚至完成了連接冒險者城鎮和這裡的街道。那裡光是找地方睡就很勉強了，當然沒有澡堂這種奢侈品。應該能夠期待他們在有空時會來這裡泡溫泉。
「那麼，今天就要開張了吧。」
「是的……咦，導師這麼期待溫泉嗎？」
常去的位於王都附近的雷卡路特溫泉枯竭後，導師似乎就很期待這裡的溫泉。他機靈地跑來出席今天這場只開放相關人士參加的試營運活動。

因為如果不找他會很恐怖，所以其實我事前也有邀請他。

「這熱水真不錯。」

馬修先生是直接將之前在雷卡路特溫泉經營的旅館移建到這裡，因此浴池都是設在室內，這裡似乎沒有露天浴池的概念。

這裡的溫泉設計和日本不同，只有四方形的浴池和清洗身體的地方，在王都似乎沒有奢侈地直接從源泉引水來用的溫泉，只有在浴池旁邊設置一個用來稀釋來自源泉的溫泉水的裝置。

雖然有點讓人不滿，但久違地悠哉泡過溫泉後，土木工程的疲勞，或是土木工程的疲勞，以及土木工程的疲勞……雖然只有一種，但感覺所有的疲勞都消失了。

對了，還有貴族麻煩的束縛啊。

「到了我這個年齡後，就會覺得溫泉也不錯。」

被我們邀請來的布蘭塔克先生，也泡在浴池裡舒緩平日累積的疲勞。

「雖然雷卡路特溫泉的事情很遺憾，但幸好現在又有新的溫泉。」

導師也泡在男用浴池裡，客觀來看，那實在不是什麼美麗的景象。

「隔壁就是女澡堂啊……」

雖然男女澡堂之間隔了一面牆壁，但為了讓熱氣散出去，天花板的部分還是連在一起。

這點和日本的澡堂一樣。

「艾爾，要去偷窺嗎？」

「我說啊……想也知道不能這樣做吧。」

「嗯，要是被發現偷窺主人的未婚妻們洗澡，一定會被開除。」

看來和一般的虛構作品不同，不會發生艾爾偷窺女澡堂的劇情。

畢竟艾爾不可能抱著被開除的覺悟偷窺。

「要是有人敢去偷窺我的外甥女，即使對象是艾爾文少年，在下也不會放過！」

「唉，正常來講就是如此。」

站在艾爾的立場，與其做出那種無謀的舉動，不如跟布蘭塔克先生一起去那方面的店玩樂。

「如果偷窺卡特琳娜，應該會被她用魔法切成好幾塊吧？」

「無法否定……」

我也曾被她用力賞了一記耳光。

「威爾，泡完澡後就去吃飯吧。」

與一點情調都沒有的男澡堂相反，從女澡堂那裡傳來的聲音，主要都是露易絲和其他女性們的對話。

「好羨慕艾莉絲和卡特琳娜喔，我的胸部完全沒有成長。」

「露易絲小姐，妳會不會太大聲了？」

「沒關係啦。」

哪裡沒關係了，男澡堂這裡可是聽得一清二楚。

每次只要聽露易絲提到胸部尺寸的事情，艾莉絲好像都會覺得很難為情。

畢竟只要有自稱女體評論家的露易絲在，就不可能不提到艾莉絲的胸部。

「身為貴族，才不會去在意胸部尺寸這種小事。」

即使看不見，我也能輕易想像卡特琳娜一如往常地挺起胸部，向露易絲發表主張的樣子。雖然我也想親眼確認，但感覺只要一看就會被魔法攻擊。

「卡特琳娜是因為有胸部才能說這種話，卡特琳娜也是壓倒性的強者。」

「是這樣嗎？這會讓肩膀變得僵硬，所以應該不是那麼好的東西。」

「才沒有這種事，因為威爾也經常偷瞄卡特琳娜的胸部。」

「是這樣嗎？」

卡特琳娜的聲音突然失去冷靜，變得非常害羞。

話說露易絲，妳那是天大的誤解……好像也不是。

「露易絲，隔壁應該聽得見吧。」

「伊娜的腰很細，真令人羨慕。我的身材就像個小孩子。薇爾瑪的胸部也滿有料的……」

「是嗎？不過完全比不上艾莉絲大人。」

不，要在胸部方面贏過艾莉絲應該很難吧？

「和我相比，妳還是遙遙領先吧？艾莉絲，有沒有什麼能讓胸部變大的祕藥啊？」

「雖然不是沒有，但這類祕藥的作法、素材和效能大多都令人存疑。」

果然有啊……應該也有貴族或有錢人的女性被這種可疑的藥騙過吧。男性則是會想要能長高，或是能重新長出頭髮的藥。

這部分應該是全人類共通的煩惱。

「啊——啊，就沒有對健康很好的祕藥嗎……」

「那感覺沒什麼效果。」

我也這麼覺得。因為有效的藥通常副作用都很多，所以如果沒有副作用，就會讓人覺得效果薄弱。而且安慰劑效應，應該沒辦法讓胸部變大。

「伊娜，我們一起找吧。」

「我才不要，我覺得現在這樣就很好了。」

「伊娜的屁股還滿大的。」

「露易絲，妳在看哪裡啊？」

「……那些傢伙到底在幹什麼。」

布蘭塔克先生露出聽見不想聽的事情的表情，導師則是若無其事地繼續泡澡。

「威爾結婚後，應該會過著夢幻般的生活吧。雖然露易絲身上沒什麼看頭……唔哇！」

艾爾不曉得在想什麼，居然接著說出不得了的話。
就算只是開玩笑，這麼說也太危險了，我才剛這麼想，一個來自女澡堂的木桶，就直接擊中艾爾的腦袋。
「居然能命中被牆壁擋住看不見的對象，真是了不起的技術。」
在魔鬥流中，似乎也有透過些微的魔力尋找看不見的對手，藉此正確得知對手位置的招式。露易絲應該就是活用這個技術，用木桶擊中艾爾。
導師對露易絲的實力表示佩服。
「好痛！腫起來了！威爾，幫我治療！」
「咦？我嗎？」
呃，在這時候治療，感覺會招惹到露易絲，所以我有點想要拒絕。
「艾爾文少年，就用在下學會的聖治癒魔法來幫你治療吧！」
「咦？讓導師來治療嗎？可是我比較想讓威爾治療……」
「年輕人不用那麼見外！」
「唔嘎——！」
導師的治療和之前一樣，是透過緊緊抱住對方發動的聖魔法。
被熱水溫熱過的肌肉魔人用力抱緊艾爾，讓他遭受取笑露易絲的報應。

「唉，真是倒楣透頂……」

「艾爾應該要為自己的發言負責。除了華麗的技巧以外，我身上還有很多看頭。」

「露易絲，我之前說的不是這個意思……」

「艾爾，你剛才有說什麼嗎？」

「不！我什麼都沒說！」

泡完澡後最適合喝牛奶……不過這個世界的畜牧業規模很小，所以牛奶算是高級品。最容易取得的是山羊奶，但我不太喜歡那個。

於是大家現在喝的是艾莉絲泡好後冰過的瑪黛茶，和我自製的果汁。

「威爾做的果汁真好喝。」

伊娜對我用魔法自己做的果汁大為讚賞。

這是我應用製作美乃滋的魔法，不斷改變攪拌的方法和材料的比例，反覆實驗創造出來的傑作，所以當然好喝。

「泡完澡後喝冰瑪黛茶和果汁啊，感覺能當成名產。」

馬修先生似乎也想向剛泡完澡的客人們推這些產品。

「至今都只有提供酒或溫瑪黛茶，選項增加是件好事。」

「這對女人和小孩或許不錯，但我們比較喜歡酒。」

「呼——！剛泡完澡喝的酒果然最棒了！」

至於乾杯後一起喝酒的兩人，當然是自己用魔法把酒變冰的布蘭塔克先生和導師。

「布蘭塔克先生，舅舅，請你們要自己節制喔。」

「那當然！」

「放心，我有用瑪黛茶稀釋。」

在艾莉絲的提醒下，當成餐前酒在喝的導師喝一點就停了，布蘭塔克先生則是開始用冰瑪黛茶稀釋平常都是直接喝的蒸餾酒。

待過教會的艾莉絲具備豐富的醫學知識，所以知道剛洗完澡喝酒有多危險。

「比起這個，我肚子餓了。」

雖然泡完澡後有安排餐點，不過是由店家準備。

這裡是溫泉，所以能輕易利用熱水和蒸氣。

只要將裝在網子裡的雞蛋泡在泉水湧出來的地方，溫泉蛋就完成了。

由於雞蛋非常昂貴，因此在做蛋料理時，通常是選擇比較容易取得的鴨蛋或珠雞蛋。

「聽好了，煮的時間需要抓得很精準。」

「威爾還是一樣對奇怪的事情很堅持……」

「艾爾，隨便你怎麼說，但水煮蛋的關鍵，就在於煮的時間。」

我用沙漏慎重地計算時間，因為必須在蛋黃半熟的時候把蛋拿出來。

「這樣應該剛剛好！」

雖然泡在源泉裡的蛋變得漆黑，但只要把殼剝掉，就會露出凝固的蛋白和半熟的蛋黃。

看來水煮的時間調整得非常成功。

「然後再灑一點鹽，就會變得很好吃。」

半熟蛋黃的甜味，與我用魔法製作的天然鹽的鹹味產生絕妙的協調，讓我想起前世在箱根湯本（註：日本的溫泉勝地）吃過的溫泉蛋。

「威德林大人，半熟的看起來比較可口。」

「水煮蛋真好吃。」

「半熟的比較好呢。」

雖然廣受女性成員的好評，但卡特琳娜指示我看向某個地方。

「不過只要看那兩人吃東西，就會覺得吃什麼都一樣呢。」

導師和薇爾瑪像是在比賽般猛吃水煮蛋。

「再來一份！」

「導師也一樣！」

不到十分鐘，三十顆水煮蛋就變得只剩蛋殼。

「追加的蛋就交給我處理吧。」

巴頓表示要代替我顧水煮蛋。

「這叫『溫泉蛋』啊。應該會成為名產。」

巴頓開心地拿起沙漏，開始做水煮蛋。

「再來就是利用蒸氣蒸的料理。」

使用蒸籠來蒸煮肉、魚和蔬菜，然後沾用醬油和味噌做成的醬汁享用。

「比起水煮更能保留素材的風味，調理時也能順便去除油脂，吃起來非常爽口。」

「原來如此，看來能吃得下很多！」

「威爾大人，再來一份！」

不過薇爾瑪和導師不管什麼都能吃很多，所以或許沒什麼差別。

「原來如此，利用蒸氣的料理啊。」

除此之外，應該也可以拿來蒸蕃薯、蛋糕或布丁來當甜點。

「賣點就是用溫泉的蒸氣來蒸。」

「哎呀，感謝鮑麥斯特伯爵提供這麼棒的點子。我一定會努力發展這塊溫泉地。」

在魔之森附近開張的溫泉，就這樣逐漸成為冒險者們休假和觀光的景點，名產溫泉蛋和蒸煮料理，也跟著傳遍整個王國。

第八話　有其母必有其女

「呼——好久沒遇到什麼都不用做的假日，真是太棒了。」

鮑麥斯特伯爵領地的開發，進行得比羅德里希的計畫還要快。

雖然鮑爾柏格的領主館還在建設中，但市內的建築物已經增加了。

儘管大多是用魔法「移建」的瑕疵屋或二手屋，但現在也有很多從頭開始建築的住宅或建築物。

道路的整頓也非常順利，今天是久違地沒有安排工作的假日。

之後我預定吃完早餐後無所事事，吃完中餐後無所事事，吃完晚餐後無所事事地待在家裡。

真是奢侈的時間，仔細想想，我以前還是上班族時的假日，也差不多是這種感覺……

我該不會有點工作中毒吧？

不對，動不動就產生這種想法，是我的壞毛病。

現在應該單純地享受假日。

「好久沒有度過這麼奢侈的假日了。」

「威德林先生，就算是休假，也不能浪費時間。」

就在這時候，極度正經八百的卡特琳娜現身了。
過度拘泥於貴族的她，認為只要有空就必須過著與貴族相符的生活。
雖然這是個人自由，但我覺得不應該強迫我配合。
話說我前世也有這種人。
只要在休假安排旅行，就會因為怕浪費時間而把行程塞得滿滿的。
這就叫做貧窮成性吧……
同樣是去夏威夷，明明歐洲人是悠哉地躺在泳池旁邊，日本人卻會吵著說「我要加錢多買其他行程」。
「如果偶爾不趁放假好好休息，就不叫放假了。」
「威德林先生真的一點都沒變呢。」
「卡特琳娜也試著躺一下看看吧。」
我勸卡特琳娜在旁邊的空椅子躺下。
「看在是未來丈夫難得的邀約。」
我們兩人一起躺著看天空，眼前是晴朗無雲的藍天。
「我覺得像這樣悠哉地看天空，是最奢侈的享受。」
「或許真的是這樣沒錯。」
卡特琳娜靜靜地眺望天空。

至今發生了不少事，所以她或許是在回憶那些事情。

「如果只有早上，就陪你一下吧。」

之後直到伊娜叫我們去吃早餐為止，我們都一起眺望著天空。

偶爾度過這樣的時間也不錯。

「反正明天又要開始忙了。」

「威德林先生，請不要讓我想起來……」

因為接下來惡鬼羅德里希，已經幫我們安排了許多工程計畫。

「咦？艾莉絲的母親說想來看看這裡？」

「是的，可以嗎？威德林大人。」

我們一去餐廳吃早餐，女僕多米妮克馬上就幫我們端湯過來。

看來今天吃的是西餐。

艾莉絲在我喝湯時愧疚地問道。

「咦？那個人要來嗎？」

「威爾真辛苦……」

「對不起，我也幫不了你。」

一聽見艾莉絲的發言，艾爾他們難掩動搖地弄掉了喝湯用的湯匙。

「我對艾莉絲大人的母親很有興趣。」

「不曉得艾莉絲小姐的母親是個什麼樣的人？」

不清楚狀況的薇爾瑪和卡特琳娜，在看見艾爾他們反常的舉動後都表示困惑。不過是女婿和丈母娘見面而已，為什麼要動搖成那個樣子。

「薇爾瑪小姐不知道嗎？」

「我不太清楚。」

當然，我們還住在王都時也曾和她見過幾次面。

她的名字叫妮娜·梅亞·馮·霍恩海姆，我記得她今年三十七歲。

外表感覺就像是年紀比較大的艾莉絲。

她的胸部也很大，是個非常漂亮的人，這種人在日本或許會被稱做美魔女（註：指雖然超過35歲，但依然像施展魔法般年輕美麗的女性）。

「艾莉絲，她應該不是單純來玩的吧？」

「是的，好像是作為父親的代理人……」

如果只是單純來玩，那就可以拒絕，不過霍恩海姆一族算是教會的有力人士。

看來她是代替艾莉絲的父親，來祕密討論關於將在鮑麥斯特伯爵領地內建設教會的事情。

「應該沒辦法拒絕吧？」

「我想是這樣沒錯……」

雖然不是壞人，但無論是我還是她的親生女兒艾莉絲，都不太會應付那個人。

「主公大人，既然是和教會有關的事情，那還是見個面比較好吧？」

「說得也是……」

就在我被羅德里希合理的意見說服決定和她見面後，就收到了要我快點過去接送的聯絡。

難得的休假，又要因為運送的工作而泡湯了。

就在我用「瞬間移動」抵達霍恩海姆子爵家後，賽巴斯汀馬上就來接待我。

「雖然現在才說有點太晚，但恭喜您晉升為伯爵。」

不愧是賽巴斯汀，馬上就對我的升爵表示祝賀。

「那個……我是來接妮娜大人的。」

「是的，少夫人應該就快準備好了。」

之所以稱艾莉絲的母親為少夫人，是因為霍恩海姆樞機主教仍是當家，而她的妻子，亦即艾莉絲的祖母也是現任的當家夫人。

「那麼，請您稍等一下……」

「威德林弟弟，好久不見了。」

看來艾莉絲的母親妮娜大人正好準備完畢，她從屋裡衝了出來，就這樣直接抱住我。

不輸艾莉絲的胸部觸感，直接傳到我的身體上。

「威德林弟弟，叫『妮娜大人』也太見外了。直接叫我岳母（註：日文中的岳母與「媽媽」發音相同）就行了。」

「等和艾莉絲正式結婚後，我就會這麼叫。」

「威德林弟弟比想像中還要正經呢。不過這點也很可愛。」

然後，她都是叫我「威德林弟弟」。

她是教會有力人士的妻子，同時也是伯爵家出身，所以在公開場合都懂得自制，但私底下一直是這種感覺。

「那麼，我們快點去鮑麥斯特伯爵領地吧？」

「好啊，我要和威德林弟弟約會。」

妮娜大人挽著我的手。

上臂傳來她胸部的觸感。

我既覺得害羞，又覺得好像快要輸給誘惑……不對，一想到她根本沒在誘惑我，就讓我感到自我厭惡。

這就是我不擅長應付她的最大理由。

「就算不挽著手臂，也能『瞬間移動』……」

因為是對一定範圍內的人員和行李使用的魔法，所以不需要挽住手臂。

「我們好久沒見面，這是親子間的肢體接觸。」

妮娜大人邊說邊開心地挽著我的手臂。一旁的賽巴斯汀已經認識她很久。他對我露出「請節哀」的表情。

不過他沒有來幫我，畢竟賽巴斯汀最在乎的人還是自己。

「少夫人，請問您今天何時會回來？」

「可能會晚一點，不用替我準備晚餐。」

「遵命。」

換句話說，妮娜大人打算在我家待到吃晚餐。

在這個瞬間，我的休假宣告消失。

我沒有漏看賽巴斯汀在我使用「瞬間移動」前，再次對我露出愧疚的表情。

「母親！為什麼您會挽著威德林大人的手臂？」

「這是親子間的肢體接觸，艾莉絲的個性和丈夫一樣認真呢。」

用「瞬間移動」回到家後，艾莉絲馬上開始責備挽著我的手臂的妮娜大人。

艾爾他們已經不見蹤影。

因為他們知道妮娜大人總是會像這樣纏著喜歡的女婿（預定）不放，而艾莉絲也一定會像這樣提醒她，所以早就逃跑了。

雖然如果換成我應該也會這麼做，但還是覺得他們有點無情。
薇爾瑪和卡特琳娜在聽了艾爾他們的說明後，似乎也決定自行避難。
每個人都跑得不見蹤影。
「母親，請您考慮一下世間的眼光和評價！」
「有什麼關係，反正是在屋裡。」
妮娜大人只有在屋內的私人空間會這樣。
所以艾莉絲也說不過她。
「先來把工作辦完吧。」
妮娜大人放開我的手，然後馬上去找羅德里希。
「妮娜大人，不好意思沒親自去迎接您。」
「大家都知道羅德里希大人很忙。拜託我過來的丈夫也不希望你們太過多禮，所以不用在意。詳情都寫在這封信裡。沒什麼太大的問題，預定在鮑麥斯特伯爵領地內建設的教會網，都將按照計畫進行。」
妮娜大人突然改變語氣，和羅德里希面談。
「這座教會將成為統率鮑麥斯特伯爵領地內所有教會和禮拜場所的分部。即使要多花一點時間，也請建設得仔細一點。」
座落於鮑爾柏格的中心部、位於領主館附近的大教會正在建設中，那裡之後將負責管理鮑麥斯特伯爵領地內的所有教會和禮拜場所。

再怎麼說這裡都不能使用請里涅海姆先生幫忙收購的不良資產。

這裡不能使用破產的教會，必須拜託專業的工匠建造。

無論是內部的用品還是裝在天花板上的花窗玻璃，都必須委託專門的工房，所以建設教會需要花費龐大的費用和時間。

「在鮑麥斯特伯爵領地內，只要建設新的城鎮或村落，教會就會跟著增加。雖然這是件好事，但正因為如此，才會希望能將這座教會打造得更加完美。」

前來視察的妮娜大人以充滿威嚴的態度訓示那些以前就認識、專門負責建造教會的工人們。

「雖然我知道工作很辛苦，但請你們好好加油。我有帶慰勞品給各位。」

然後她展現女性的一面，發送輕食和飲料給那些工人們。

或許就是基於這些細微的考量，才會派妮娜大人過來。

無論如何，這都與她平常的態度大相徑庭。

究竟哪一邊才是她的本性呢？

這也是我不擅長應付妮娜大人的原因之一。

「威德林弟弟，你岳母剛才很帥吧？」

不過回到家後，她又變回平常的感覺。

挽著我的手臂，將那對過於偉大的胸部貼過來。

「母親！」
「因為現在是在屋內，而且工作已經結束了。」
雖然艾莉絲一如往常地責備母親，但妮娜大人並沒有做什麼奇怪的事情。
要是貴族無論何時何地都表現得像個貴族，精神一定會出毛病。
他們只有在外人看不見的地方能自由地表現自己，換句話說就是在屋內。
「艾莉絲只要一餓就容易動怒，我們來吃午餐吧。」
現在正好是中午，所以我們在家裡吃午餐。
「多米妮克，艾爾他們呢？」
「他們說今天有事，所以不回來吃午餐。」
艾爾他們害怕在最壞的情況下，自己也可能被波及，所以都逃跑了。
薇爾瑪和卡特琳娜在聽過艾爾他們的說明後也沒有回來，因此午餐只有我們三個人吃。
「威德林弟弟，來，啊——」
「那個……妮娜大人？」
「叫我岳母。今天的午餐看起來好好吃。」
當一個對方中意的女婿也滿辛苦的。
妮娜大人不知為何，一直想餵我吃飯。
「母親……」

當然，艾莉絲已經快要爆發了。

「咦——這樣也要生氣？艾莉絲該不會沒有這方面的經驗吧？我也會餵自己的丈夫喔。」

知道了不想知道的情報。

沒想到艾莉絲的爸爸居然會讓妻子做這種事……他明明是教會的大人物……

「艾莉絲如果不多努力一點，或許會輸給伊娜、露易絲、薇爾瑪和卡特琳娜喔。」

妮娜大人的音色突然又變回正經模式。

不過語氣還是沒變，所以反而讓人覺得恐怖。

「就算是正妻，如果不可愛也沒用。」

妮娜大人的忠告，讓艾莉絲驚訝地睜大眼睛。被認為不正經的母親嚴厲地指出自己的缺點，讓艾莉絲頓時來不及反應。

這個人果然不是只有天真而已。

天生的貴族女性的恐怖，讓我嚇得背脊發涼。

「那個……威德林大人，『來，啊——』。」

「很好吃喔，艾莉絲。」

「男性和女性在年輕的時候，就是要讓周圍的人感到有點難為情才算是剛剛好。我來示範給妳看，『啊——』。」

兩人接連餵我吃東西，直到我飽到暫時動不了為止。

到了傍晚，伊娜他們總算在晚餐前回家，妮娜大人也用和平常一樣的語氣和他們打招呼。

「哎呀，你們大家好啊，伊娜妹妹、露易絲妹妹、艾爾弟弟，還有薇爾瑪妹妹和卡特琳娜妹妹。」

「艾莉絲大人的母親，和艾莉絲大人長得好像。」

「哎呀，謝謝妳。這表示我還很行嗎？」

雖然不曉得是哪裡行，但妮娜大人開心地向薇爾瑪道謝。

「幸會……」

「卡特琳娜妹妹也很辛苦呢。」

雖然她乾脆地直接叫她「卡特琳娜妹妹」，但後者並沒有表示不滿。

卡特琳娜被妮娜大人散發的氣氛壓倒，完全沒有那個餘力。

即使外表天真，她依然是大貴族家的女兒。

累積的經驗和艾莉絲完全不同。

「威德林弟弟真受歡迎呢。」

晚餐也平安落幕，在吃完餐後甜點後，妮娜大人就回霍恩海姆子爵家了。

雖然一樣是由我送她，但即使妮娜大人挽著我的手臂，也沒有人敢抱怨。

就連艾莉絲好像都放棄了。

「各位，雖然她是個有點太過認真的女孩，但請你們多多照顧艾莉絲喔。」

艾莉絲並不討厭妮娜大人，對方應該也是一樣。

妮娜大人只是以她的方式在擔心艾莉絲，所以才會做出那些事情……雖然很可能本人也是樂在其中。

「鮑麥斯特伯爵大人，今天真是太感謝您了。」

一抵達霍恩海姆子爵家，賽巴斯汀馬上就過來道謝。

不愧是管家的模範，看來他比誰都了解妮娜大人的性格。

「威德林弟弟，今天謝謝你啦。」

雖然妮娜大人接在賽巴斯汀後面道謝，但她果然是個不能大意的對象。

「我覺得就算你在婚禮前就對她出手也沒關係，不過要保密喔。」

妮娜大人在我的耳邊輕聲說道，我果然不擅長應付這個人。

「艾莉絲的媽媽真是厲害。」

「不愧是維塔澤伯爵家出身的人。我的媽媽就很普通。」

「維塔澤伯爵家怎麼了嗎？」

「義父說那個家族出了許多謀略家。」

在艾莉絲的母親來襲過的隔天，伊娜和薇爾瑪在吃早餐時閒聊。

看來她昨天早上逃走時，有趁機透過艾德格軍務卿蒐集艾莉絲母親的情報。

「威爾，我也有件跟媽媽有關的事情要麻煩你，羅德里希先生也跟我說過了。」

「羅德里希？」

槍術或魔鬥流等武藝對家臣和衛兵來說是不可或缺的東西，羅德里希擔心的，就是要如何在鮑麥斯特伯爵領地建立這方面的體制。

布雷希洛德藩侯家有專門的家臣家。

例如伊娜的老家希倫布蘭德家，或是露易絲的老家歐佛維克家。

其他還有劍術、弓術和馬術等等，大貴族家在這些方面都有專門的家臣家。

小貴族根本沒有餘力去創設這種由專業師傅組成的家臣家，因為距離遙遠而無法去道場上課的人也不在少數，這些人基本上都是直接接受父母或家臣的指導。

名譽貴族因為是住在都市區，所以會直接去認識的道場接受指導，有錢人甚至還會自己請家庭教師。

即使無法所有領域都包辦，大一點的軍系名譽貴族家至少都會養一個負責指導的家臣。

阿姆斯壯伯爵家，似乎有個專門教棒術的家臣家。

「鮑麥斯特伯爵家別說是不輸布雷希洛德藩侯家，將來或許領地規模還會超越他們，所以必須為這些師傅設置家臣家。」

「露易絲，這表示……」

「除了劍術、槍術和魔鬥流以外，之後將爆發一場激烈的爭奪戰。」

槍術是伊娜和她的孩子，魔鬥流是露易絲和她的孩子，劍術則是已經確定會從艾爾的師傅瓦倫先生的流派那裡招聘人才。
瓦倫先生很細心地在指導艾爾，艾爾也非常仰慕瓦倫先生。
不過這和瓦倫先生的流派的人靠關係當上劍術師傅，又是不同的問題。人沒辦法只靠漂亮話生存。
「棒術師傅的人選，應該會透過阿姆斯壯伯爵家的關係來找吧？」
「畢竟棒術算是非常冷門的武藝，說不定薇爾瑪的斧術還比較普及。」
「所以棒術會由阿姆斯壯伯爵家推薦，斧術會由義父推薦。」
薇爾瑪立刻補充道。
我完全不懂武藝，也沒有找師傅的眼光。雖然我在魔法方面不會妥協，但既然羅德里希沒特別說什麼，那武藝的事情交給王都那些大人處理應該就行了。
「槍術和魔鬥流的道場還在建設中吧？」
「嗯，沒錯。」
在鮑爾柏格建設中的道場，將成為設置在鮑麥斯特伯爵領地各處的分部練習場的總部。
這裡似乎也不能用中古屋。
不過分部練習場就不需要蓋得那麼漂亮。如果是設在鄉下，那只要比小屋好一點就行了。
這部分也會請里涅海姆先生幫忙物色中古屋。因為是沒那麼急的工作，所以之後應該會配合城鎮的建設一起處理。

「還要考慮總部道場的管理人員和範圍，以及分部練習場的負責人人選。」

換句話說，這也是特權的來源。因為沒辦法輕易增設道場，所以大家應該無論如何都想被僱用。

「因為這樣的理由，我和伊娜的媽媽都想見威爾。」

「妳們的媽媽啊。」

這麼說來，我好像還沒見過她們，因為我沒多久就去王都留學，所以錯過了和她們見面的機會。

「像這種時候，不是應該讓爸爸來嗎？」

因為她們的父親，是布雷希洛德藩侯家師傅家的當家。

「父親是當家，所以反而不行。」

這次換伊娜回答我的疑問。

「咦？是這樣嗎？」

「要是布雷希洛德藩侯家的家臣跑來拜託威爾事情，會惹布雷希洛德藩侯不高興吧。」

家臣跑去向其他大貴族低頭，感謝對方優先任用自己的弟子和家人啊。

從布雷希洛德藩侯的角度來看，這的確不是件有趣的事情。

不過布雷希洛德藩侯也理解這方面的狀況，所以才會允許當家的妻子來跟我打招呼和道謝，順便讓她們探望女兒。

「真是麻煩。」

「威爾，還有一件麻煩的事情。」

「說來聽聽。」

「目前在鮑爾柏格當我和露易絲的代理人的哥哥們，和我們一樣都是妾的小孩。」

派來鮑麥斯特伯爵領地的，是父母都相同的兄妹。

「因為威爾的未婚妻是我們，所以是派和我們同一個母親的孩子過來。」

這表示正妻的孩子們，只會專心經營布雷希洛德藩侯家的槍術師傅家。

「表面上是這樣。不過其他排行較低的異母兄弟，其實也很想來這裡。」

他們應該想排除妾生的兄弟，讓自己來經營鮑麥斯特伯爵家的總部道場。

「要是這麼做一定會產生混亂，因此父親只會以岳父的身分來打招呼，這也是派母親過來的原因。」

「我這邊的理由也一樣，這樣威爾了解了嗎？」

「我了解你們的媽媽是因為許多麻煩的原因，所以才會過來拜訪。」

在這樣的背景下，由於優秀的羅德里希已經排好預定，我帶著伊娜和露易絲去布雷希柏格迎接兩人的母親。

「母親。」

「媽媽，這裡這裡。」

「您就是鮑麥斯特伯爵大人吧，我是伊娜的母親艾絲特・蘇珊・希倫布蘭德，女兒受您照顧了。」

「初次見面，鮑麥斯特伯爵大人，我是露易絲的母親伊蕾涅・尤蘭妲・奧蕾莉亞・歐佛維克，露易絲受您照顧了。」

雖然我是第一次見到兩人的母親，但這兩對母子真的非常相似。

伊娜的母親散發的氣質和伊娜一模一樣。

頭髮也一樣是紅色，唯一不同的是長度只到肩膀。

伊娜長大以後，應該也是這種感覺吧。

而且……

「幸會，我是鮑麥斯特伯爵。」

這個人的眼神好銳利。

如果讓她換上和服拿日本刀，就算說她是要代替老大闖入敵陣，也不會讓人覺得奇怪。

我在自我介紹的同時，背後不斷冒出冷汗。

「感謝您這麼照顧我的女兒。要是伊娜有什麼需要改進的地方，希望您能來找我商量。」

不過她看起來非常正常。

雖然這麼說不太好意思，但和露易絲的母親相比，她看起來正常好幾十倍。

「不，伊娜也非常照顧我。」

「很高興能聽您這麼說。」

「小艾絲特，妳擔心過頭了啦。又不是我家的女兒，伊娜小妹一定沒問題的。」

「伊蕾涅，不是說好有其他人在時，不能這樣叫我嗎？」

「啊哈哈，有什麼關係。我們是兒時玩伴啊。」

露易絲的母親……真的是當媽媽的人嗎？

看起來只有頭髮比露易絲長一點，還有年紀稍微大了一點，與其說是母親，看起來還比較像姊姊。

「咦？母親？不是姊姊嗎？」

「鮑麥斯特伯爵大人真會說客套話。我明明都快滿四十歲了。」

不，這不是客套話，天底下哪有這種將近四十的女性。說這是用某種魔法延緩老化，感覺還比較有說服力。

不管再怎麼灌水，看起來頂多也只有二十幾歲。

「既然招呼都打好了，不如就去鮑麥斯特伯爵領地吧？」

「說得也是。」

在雖然外表可怕但言行完全符合常識的艾絲特小姐的催促下，我們用「瞬間移動」前往鮑爾柏格。

「好厲害——魔法真是方便。下次希望你能帶我們去王都玩。」

「如果有時間的話……好痛！」

和艾莉絲的母親相比，露易絲的母親更像是魔性之女。

妮娜大人散發的是淺顯易懂的性感魅力，伊蕾涅小姐則是擁有能在不知不覺間踏進別人內心的可愛。

約好有空會帶她們去王都玩後，露易絲捏了一下我的屁股。

「（威爾，不可以被媽媽牽著鼻子走。）」

我重新振作起來，前往道場的建設現場。

參觀施工中的道場，向在野外指導槍術和魔鬥流的兒子們打完招呼後，兩位母親在我們家的中庭邊喝茶邊聊天。

「兩位是兒時玩伴嗎？」

「是啊，一直都是小艾絲特在帶領年長的我。」

「「「……」」」

這應該不是謊言。

畢竟只要看過伊娜和露易絲的關係，就能推測出兩位母親的關係。

個性積極、在思考前就會先行動的露易絲，以及負責抑制她的伊娜。

艾絲特小姐和伊蕾涅小姐以前也是相同的關係……不對，現在應該也是如此。

不過連交友關係都如此相似，這兩對母女還真是不得了。

「兩人以前也是冒險者嗎？」

「不是，因為我們都是下級陪臣家的女兒……」

按照艾絲特小姐的說明，她們都是在嫁給師傅家當側室後，才趁有空時學習槍術和魔鬥流。

「女兒們都比我們有武藝的才能，我們並沒有厲害到能當冒險者。」

明明外表看起來實力非常堅強，但艾絲特小姐的槍術似乎遠遠不及伊娜。

「我也完全不行。」

伊蕾涅小姐的魔鬥流技術，似乎也遠遜於女兒露易絲。

「要是有那種實力，我應該也會去當冒險者而不必馬上嫁人。真羨慕露易絲。」

「我也是經歷了不少辛苦啊。」

實際上打從被那個導師盯上，就不可能度過平穩的人生。

「雖然我們也會協助道場營運，但不太能公開露面，而且現在光有丈夫的介紹信，還不足以擔任分部練習場的師傅。」

「伊蕾涅小姐，這是什麼意思？」

「呃，雖然這算是家醜……」

即使是外人看起來弱不禁風的師傅型家臣家，也有類似派系鬥爭的狀況。

「根據布雷希洛德藩侯大人的指示，只有我們這些妾生的孩子，能夠創設鮑麥斯特伯爵家的師傅型家臣家，這是為了讓伊娜和露易絲能夠多吸引鮑麥斯特伯爵大人的注意。」

「這樣啊……」

「不過光靠現有的族人，應該不夠填滿分部練習場的師傅空缺吧？」

姑且不論現在，將來應該會不夠。畢竟未來這裡的分部練習場數量，或許會比布雷希洛德藩侯領地還多。

「而且還要找人擔任冒險者預備校的講師吧？」

既然有魔之森這個有力的狩獵場，不可能不創設冒險者預備校。

而指導學生們槍術和魔鬥流的導師，應該也會找和伊娜與露易絲有關的人。

「師傅還可以從門生當中找……」

無關實力，即使同樣是門生，還是會自然分成被正妻的孩子們中意的人，以及除此之外的和艾絲特、伊蕾涅與她們的孩子交情較好的門生。

「然後就產生了派系鬥爭嗎？」

「是還沒到那麼嚴重的程度。不過因為布雷希洛德藩侯領地的分部練習場，已經不可能再增加……」

至今師傅的職缺一直是被分給正妻的孩子以及和他們關係親密的門生，對其他的門生非常不利。

「至少也要當到分部練習場的負責人，才能靠這行維生……」

無法成為師傅的優秀門生，大多是靠偶爾擔任臨時講師的打工錢，以及其他的副業維生。

「最主要的副業是當冒險者。畢竟也能當成實戰訓練。」

不過無論再怎麼提升實力，只要沒被當家或正妻小孩們的看上，就無法成為師傅。

既然基於財政的理由無法隨便增加師傅的名額，情況自然會變成這樣。

我的前世也有那種明明沒特別優秀，但還是因為被上司看上而出人頭地的人，所以我也能理解這種狀況。

「能在鮑麥斯特伯爵領地的分部練習場擔任師傅的人，都是關係和我們比較親密的人。這麼一來……」

我不用聽到最後也能理解。

以前不得志的人將在鮑麥斯特伯爵領地出人頭地，而有些人即使和正妻的孩子們比較親近，也還無法當上師傅。

他們不可能樂見現在這個狀況。

「在那些人裡面，或許會有人打算趁亂前來應徵。因為有些人以前曾經從丈夫那裡得到感謝狀或資格證書，所以必須請羅德里希大人不能只因為對方有那些東西，就任用他們。」

早知道就不要聽了。

這個世界真的不管哪裡都很難生存。

感覺無論何時都是一職難求。

「明天可以帶我們去看已經開設的分部練習場嗎？」

「好的。」

於是隔天我們用「瞬間移動」飛到冒險者公會分部。

實際上這裡旁邊也開了一個分部練習場。

除了可以讓為了維持治安而進駐這裡的警備隊員練習以外，雖然有點臨陣磨槍的感覺，但也有許多冒險者入門增強實力。

「鮑麥斯特伯爵大人準備的道場，真的都非常適當呢。」

這個分部練習場是里涅海姆先生幫忙準備的中古屋。

「哎呀，是伊娜大人和露易絲大人的母親嗎？我經常受到令嬡們的照顧。」

姑且不論艾絲特小姐，即使伊蕾涅小姐異常地年輕，里涅海姆先生依然毫無動搖。

他正常地跟她們打招呼。

「鮑麥斯特伯爵大人。雖然極為少見，但還是有像伊蕾涅大人那樣外表常保年輕的女性。別看我這樣，其實人面還是滿廣的。」

如果是貴族夫人，那或許偶爾會有那種人。也就是所謂的魔性之女。

「這樣啊。話說這間分部練習場以前是什麼來歷？」

「這也是人類生活中必定會有的盛衰榮枯。」

雖然有些人會為了募集更多門生而打造豪華的道場，但如果沒有募集到關鍵的門生，反而因為建造道場時花了太多錢陷入周轉不靈時，就只能宣布破產低價拋售。

「和漂亮的道場相比，重要的還是館主的實力吧？」

「這倒也不一定。」

雖然師傅型家臣家有俸祿可領，但王都或直轄地的道場，就會受到館主的名聲和實力影響。

因為沒有俸祿可領，所以關鍵就在於能從一般客人那裡收到多少月費。

不過無論館主再怎麼有實力，如果道場太破，一般的門生還是會猶豫。

所以在準備道場方面，也需要一定程度的經營能力。

即使道場很漂亮，要是館主的實力太微妙，也會因為收不到門生而破產。

總而言之，關鍵還是在於平衡。

「所以才需要舉辦武藝大會。」

只要在那場大會取得優異的名次，就能產生有助於招收門生的宣傳效果。

「師傅型家臣家的人如果只有俸祿，其實也會虧損。」

明明這樣的職位不算是重臣，但又必須經營道場。

如果不招收一般的門生，生活就會變得非常窮困。不只如此，甚至還可能會被欠債追著跑。

「事情就是這樣，所以希倫布蘭德家和歐佛維克家都非常拚命。」

艾絲特小姐如此說道，配上她的外表，感覺又顯得更加逼真。

「所以就算你要對露易絲出手也沒問題喔。」

「不，再怎麼說還是不太好吧……」

我馬上想起艾莉絲的事情。畢竟教會實在是很恐怖……

不過不知為何，妮娜大人好像也講過相同的話……

「比起教會的教義，偶爾還是會以貴族的狀況優先。」

「我絕對不會解除婚約啦……」

繼妮娜大人之後，連艾絲特小姐和伊蕾涅小姐都講了相同的話，害我背後直冒冷汗。

「嗯——真是辛苦你了。」

「艾爾，你明明就逃跑了。」

「薇爾瑪和卡特琳娜也一樣吧。」

艾絲特小姐和伊蕾涅小姐回去後，我和總算現身的艾爾他們聚在一起聊天。

「媽媽啊……」

「我好像很少聽艾爾提起媽媽的事情。」

「她在我小時候就去世了。至於現在的繼母就別提了……」

艾爾和繼母的關係似乎不太好。

這是電視劇裡也常有的狀況。

「這樣啊。」

「她是個溫柔的人。」

雖然看起來是那個樣子，但艾爾以前也吃了和我一樣，或甚至更多的苦。

「薇爾瑪的媽媽呢？」

「嗯——都很普通。」

不管是親生母親還是義母都很普通，薇爾瑪如此回答艾爾。

「唉，普通不是最好嗎？」
「說不定就是這樣沒錯。」
雖然如果媽媽很有個性，或許會比較有趣，但對實際面對她們的人來說，也會比較辛苦。
「卡特琳娜的父母也去世了吧？」
「是的，不過我還記得他們的事情，兩人都是充滿貴族的驕傲與威嚴的人。」
雖然不曉得是不是真的如此，但既然卡特琳娜本人都這麼說了，應該就是這樣吧。
試著想像她的母親是個什麼樣的人後，我的腦中浮現出一個長得和她很像、穿著華麗的衣服居高臨下地跟領民們說話的女人。
我看向其他同伴。除了卡特琳娜以外，大家似乎都在想一樣的事情。
所有人都表情微妙地看向卡特琳娜。
「大家怎麼了？」
然後卡特琳娜似乎無法理解大家為何要這樣看著自己。

第九話　討人厭的傢伙即使上了年紀，還是很吃得開

「唉……」

「威爾，嘆氣會讓幸福跑掉喔。」

「克勞斯果然是在計畫什麼吧？」

「呃，為什麼突然這麼說……」

這段期間發生太多事，讓我暫時忘了克勞斯的事情。

一來是因為我很忙，二來是照理說他應該已經退居幕後。

雖然我本來是這麼想的，但後來收到赫爾曼哥哥的聯絡。

好像是克勞斯突然有事想跟我商量。

光是這樣，就讓我覺得克勞斯應該在打什麼壞主意。

「如果你這麼擔心，要不要找布蘭塔克先生一起同行。」

「喔喔！以艾爾來說，真是充滿建設性的好意見！」

「我說你啊……我真的要不高興囉！」

於是我們用「瞬間移動」，和布蘭塔克先生一起前往鮑麥斯特騎士領地。
「伯爵大人會不會想太多了？」
同行的布蘭塔克先生，似乎認為我只是杞人憂天。
要是這樣就好了，但我果然還是有點介意。
我之所以會這麼想……是因為我覺得克勞斯剩下的人生應該要過得更平靜一點。
我不太想和他扯上關係，他對我來說是個麻煩的遠親。
唯一的救贖是我和他沒有血緣關係。
「我也覺得是威爾想太多。在之前那起事件後，克勞斯不是敞開心胸和威爾的爸爸聊了許多話嗎？」
「我也這麼覺得。感覺他在各方面都已經滿足了？」
因為科特哥哥的事件引發了很多事，所以伊娜和露易絲都認為即使是克勞斯，在那之後應該也會變得安分。
雖然克勞斯不是犯人，但以當時的狀況來說，如果是兩小時長的電視劇，我們應該已經在懸崖邊和他說了許多話……而且克勞斯就是那種會讓人覺得事情還會有後續的類型……
「不好意思，威爾，還讓你特地跑一趟。」
久違的鮑麥斯特騎士爵家官邸，雖然外表看起來還是不怎麼樣，但屋內變得漂亮許多。

應該是二嫂瑪琳和現在從侍從長家升格為領主家的女性們整理的吧。這不算是浪費錢。

接下來外來的客人會增加，所以本來就必須裝潢得漂亮一點。

儘管規模不大，但領主館是類似首相官邸的地方。如果那裡又破又髒，不僅可能會讓客人產生不安，還可能會被對方瞧不起。

「有種恍如隔世的感覺呢。」

「嗯，剛好手邊有資金，所以就進行了最低限度的整頓。」

在魔之森還算是鮑麥斯特騎士爵家的領地時，大家一起採集的物品在賣掉後必須繳一筆稅，那似乎就是改建的資金。

「不過隨著開發逐漸進展，領地的中心位置也會改變。遲早必須另外建造適合的領主館。」

改善屋內的裝潢，終究只是建設新領主館前的權宜之計。

「而且還要發放開墾的獎勵，同時也不能完全不補助新來的移民。為了增產蜂蜜酒，也必須擴張養蜂業。為了將來能夠賺錢，現在必須先進行適當的投資。」

赫爾曼哥哥表示必要的花費很多，所以非常辛苦。

「我有點能夠理解為什麼科特哥哥就算變得那麼小氣也要存錢了。」

即使投資，也不能保證一定能成功。

如果不能確定一定會有回報，那不管會被別人怎麼說都應該要存錢，這對貴族來說絕對不能算是錯誤的決策。
雖然如果投資的事業失敗，錢就會消失，但只要拿去存，至少不會減少。
「事情就是這樣，我正在進行各種嘗試。如果沒有威爾的援助就會失敗得很慘，可以說是拿命在拚。」
即使如此，我覺得赫爾曼哥哥這個新領主還是當得不錯。
雖然他經常說自己頭腦不好，但我不覺得他比科特笨，以侍從長的身分指揮警備隊的經驗，應該也有派上用場。
就類似中小企業的老闆。
「赫爾曼哥哥，人才方面的狀況如何？」
「雖然不算充足，但勉強夠用。」
警備隊原本就是由赫爾曼哥哥在指揮。
即使移民增加，應該還是有辦法應付。
「舊領民和新移民之間偶爾也會有摩擦，但如果只是小吵架，那靠警備隊就能處理。」
按照赫爾曼哥哥的說明，即使人口增加，在犯罪方面頂多也只有發生竊盜事件，而且目前正在同時擴大警備隊的規模和進行訓練，所以未來應該還是有辦法應付。
「赫爾曼大人，教會那邊沒問題吧？」
「艾莉絲小姐，之前真是多虧有您的幫忙。」

這塊領地的教會，原本是由一位將近九十歲的老神父麥斯特獨自負責。

不過他的腳和腰都不好。

儘管本人曾說過要在這塊土地終老一生，但這樣果然還是不太方便，所以後來王都又派了一個年輕神官來這裡輔佐麥斯特先生。

麥斯特先生對藥學也很有研究，長期照顧著這個既沒有醫生也沒有治癒魔法的鮑麥斯特騎士領地居民們的健康。

因為希望派來的年輕神官也能熟悉藥學，所以艾莉絲和霍恩海姆樞機主教在挑選人選時也費了一番工夫。

一般來說其實不能提出這種要求，所以赫爾曼哥哥才會向幫忙拜託霍恩海姆樞機主教的艾莉絲道謝。

「威爾真的娶了個好老婆呢。」

「嚴格來講現在還只是未婚妻……」

「那跟已經結婚沒什麼差別吧。艾莉絲小姐，我們家的威爾就拜託您了。」

「好的。」

被赫爾曼哥哥當成我正式的太太，艾莉絲笑容滿面地回應。

「文官方面的人才如何？」

「人數是夠啦……」

在王都和地方都市，以及來自其他村落的移民中，都有一定數量的知識分子。

赫爾曼哥哥似乎新僱用了一批這種人。如果沒有相關的工作經驗，就透過教育讓他們慢慢學會。

「呃……這表示還有缺什麼嗎？」

「還需要能夠統率他們的能幹人才吧。不過擁有那種能力的人……」

目前就只有克勞斯。

「他最近很安分，工作也都有確實做完。」

然而赫爾曼哥哥說這些話時，表情看起來有點憂鬱。

「雖然他的確能幹到無可挑剔……」

坦白講，赫爾曼哥哥欠缺駕馭克勞斯的能力。

「既然他很優秀，那我想交給他管理也沒問題。畢竟所謂的貴族，就是要能夠確實看穿家臣的能力，分配適合的工作給他們，然後對結果負責。」

卡特琳娜提出了值得敬佩的意見，但如果對象是克勞斯，感覺就只是危險的前兆……

「（威爾大人。）」

「（薇爾瑪，怎麼了嗎？）」

「（如果換成卡特琳娜，就是笨蛋領主和奸臣的構圖。）」

「噗！」

薇爾瑪講話還是一樣狠毒，但聽見她的發言後，除了卡特琳娜以外的所有人都表示贊同。

無論好壞，她都認為貴族只要把事情交給別人處理就好，所以這也是無可奈何。

如果卡特琳娜收克勞斯為家臣，不難想像應該會變成笨蛋主子配上壟斷財政的壞家臣那樣的狀況。

「幸好卡特琳娜有海因茲在。」

「嗯，他是我引以為傲的家臣。」

卡特琳娜似乎無法理解我們在擔心什麼。即使克勞斯瞞著她亂搞，她一定也不會發現吧。

「他果然還是太能幹了嗎？」

「如果只是能幹倒還好。」

再加上克勞斯有些惹人懷疑的部分。除非駕馭他的人器量非常大，否則都很難接受他那謀略家的個性。

雖然貴族被教育成要站在眾人之上，但大部分的貴族都是凡人。

從凡人的角度來看，無論對方再怎麼有能力，應該都不會想將那種高深莫測的男人留在自己身邊。

我扣掉魔法也是個凡人，所以並不想將克勞斯留在身邊。

「不過他的孫子們應該算是一個很有力的家門吧？」

「這麼說也對……」

面對伊娜的提問，赫爾曼哥哥雙手抱胸陷入沉思。

雖然母親不同，但依然算是兄弟，他似乎在考慮禮遇華特和卡爾，藉此控制他們。

不過前提是他們只是普通的異母兄弟。

要是輕率地重用他們，就必須擔心克勞斯會不會策動他們將赫爾曼哥哥當成傀儡。

雖然不曉得克勞斯本人有沒有這個意圖，但至少他確實具備那樣的能力。

「簡直就像是毒藥……」

「毒藥只要稀釋過，還是有可能當成藥物使用。但要是弄錯分量……」

「那個人不可能自己幫忙稀釋……」

「的確……」

別說是艾爾了，就連艾莉絲都認為克勞斯是個危險的存在。

大概是因為她的祖父霍恩海姆樞機主教，不可能把那種人物留在身邊吧。

「而且現在主要是赫爾曼大人的族人們在引導鮑麥斯特騎士領地。還是先將自己的孩子分配到重要的地點，未來統治也會比較安定。」

我們也同意布蘭塔克先生的意見。

反正無論如何，其他村落的人對克勞斯都沒什麼好印象。

要是太過禮遇他，或許會讓不滿浮上檯面，既然如此，不如讓赫爾曼哥哥娶妾生子，在對他們進行教育後分配到各個崗位，將來鮑麥斯特騎士領地也會比較安定。

「那麼克勞斯找我有什麼事？」

「表面上是想請威爾巡視領內的狀況，然後希望你能提供一點意見。」

就連赫爾曼哥哥都認為這只是表面上的理由，感覺讓人有點難以釋懷。

畢竟是在這種時期突然把我找來。

「不過這個理由，感覺也沒什麼可疑之處……」

儘管讓我對其他貴族的領地插嘴感覺不太妥當，但鮑麥斯特騎士領地是我的附庸，而且當家交替時也多少產生了一些混亂，就算找我來幫忙也沒什麼好奇怪的。

赫爾曼哥哥也是因為正確理解自己的狀況，所以才沒禁止我們干涉。

「他該不會想要暗殺威爾吧？」

「不可能吧。」

克勞斯雖然是個謀略家，但並不是笨蛋。

露易絲的擔心應該是杞人憂天。

「那難道是要色誘威爾？」

「那個老爺爺克勞斯？」

艾爾對薇爾瑪的意見一笑置之。

「當然不是本人，而是派女兒。」

「薇爾瑪，這個可能性應該不高。」

雖然薇爾瑪認為克勞斯或許是想讓蕾拉小姐對我施展美人計，但這個可能性也被艾爾否定。

雖然那個人的確是很漂亮，但我不認為自己的意志會薄弱到被父親的妾給誘惑……

「以那個年紀來說，蕾拉小姐的確是很漂亮，但艾莉絲她們也是年輕又漂亮吧？何況我跟蕾拉小姐幾乎沒說過話，就算突然被那種人色誘，我也很困擾。」

我至今只跟她說過一兩次話。

可別小看我在老家時的孤單程度。

「喔喔，伯爵大人意外地很會說話呢。」

雖然我是很認真在回答，但還是遭到布蘭塔克先生嘲弄。

「威德林大人不可能輸給那種誘惑。」

「威爾偶爾就是會趁別人沒有防備時說這種話……」

「選這個時間點有點卑鄙呢。」

「威德林先生好歹是貴族，所以這種話還是少說為妙。不過偶爾說一下倒是沒關係……」

艾莉絲她們不知為何變得滿臉通紅。

「威爾大人，我擔心的是美人計。」

同樣臉有點紅的薇爾瑪，說出令人意外的詞彙。

「薇爾瑪居然知道這麼艱澀的詞……」

與其說是艱澀，不如說是屬於成人夜世界的詞彙，沒想到薇爾瑪會說出這個詞，讓艾爾稍微嚇了一跳。

「我聽義父說過，即使是貴族，偶爾還是會有人使用這種手段。」
似乎有貴族會趁男女獨處時跳出來大喊：「居然敢對我的女兒出手！我要你負起責任。」
一旦被逼急了，即使是貴族也會使出類似流氓的手段。
「我會小心。」
「還是別讓威爾大人單獨行動比較好，我會陪在你的身邊。」
「謝謝妳，薇爾瑪。」
我向薇爾瑪道謝。
不過就算他真的有什麼企圖，也只會換來懲罰而已。
「不管對方使出什麼手段，只要強制排除就行了。」
薇爾瑪冷靜地說出可怕的話，但她是我的護衛，一旦我遇到危險，她當然會負責加以排除。
「那位克勞斯先生，或許真的只是想找威德林先生陳情而已，只要去一趟就知道了吧。」
我們贊同卡特琳娜的意見，一起離開宅第去見克勞斯。
然後我們發現克勞斯已經帶著華特、卡爾和另外兩名男性，在屋外恭敬地低下頭。
「好久不見了，鮑麥斯特伯爵大人。承蒙您今天來到此地，實在是讓人倍感光榮。」
克勞斯毫無破綻地向我們行禮跟打招呼，華特和卡爾一語不發地跟著低頭。
另外兩名年輕男性也一樣。
「雖然您可能已經知道了，但這幾位是華特、卡爾、艾格妮絲的丈夫諾伯特，以及科蘿娜的丈夫萊納。」

在克勞斯的介紹下，我的異母兄和異母姊的丈夫們靜靜低頭行禮。

因為幾乎沒見過面，所以我只能輕輕點頭。

我不曉得該說什麼才好。

「由我來帶路吧。」

克勞斯等人首先帶我們來到位於利庫大山脈山腰附近的養蜂場。

蜂蜜和蜂蜜酒原本是由赫爾曼哥哥和他入贅的侍從長家獨占的產業，但為了提高生產量，目前正在增加人手與蜂巢箱。

「我還是第一次親眼見到。」

四處飛舞的蜜蜂，看起來比地球的還要大上一倍。

草原上開滿了紫雲英的花，蜜蜂們在森林與山腰附近飛舞，採集各種花蜜。

這裡和地球不同，沒有像刺槐蜂蜜或紫雲英蜂蜜那種只採特定花蜜的高級品。

「雖然正在加緊增產，但目前還是以增加蜜蜂的數量為最優先。規模變大後，也必須小心熊從森林裡跑出來搶蜂蜜。」

接下來克勞斯帶我們來到蜂蜜酒的製造廠。

不過規模其實沒到工廠的程度。

只是將相關設備放在一間民宅裡。

「如果不增產蜂蜜，就很難增加蜂蜜酒的產量。」

按照克勞斯的說明，增產的事情似乎還要再花一點時間。

「（布蘭塔克先生，看來好像沒提供試飲呢。）」

艾爾小聲地說道，布蘭塔克先生看起來也有點遺憾。

「去下一個地方吧？」

之後我們到土地已經經過重劃和開墾的各個村落巡視，大家都忙著在處理農事。

雖然舊村落主要是種小麥，但在新開墾地也有幾塊嘗試稻作的田地。

而在主要由我開拓的新村落，則是以稻作為主流。

「最後是新村落建設預定地，那裡的測量已經結束，所以想先請您過目一下，之後隨時都可以動工。」

在未開發地走了一段路後，我們來到目標的新村落建設預定地。

「那是什麼？」

艾爾迅速拔劍站到我的前面，因為那裡有超過二十個看似冒險者的男性。

「威爾大人。」

薇爾瑪也用力握住手上的巨斧，開始警戒那些人。

「請放心，他們是專門狩獵龍的冒險者。」

按照克勞斯的說明，他們似乎以這個村落為據點，評估是否能在利庫大山脈獵龍。

「好像能得到正面的回答。」

根據在預備校學到的知識，除非是魔法師，否則一般人獵龍時都是團體行動。

克勞斯應該是認為只要能讓他們留在鮑麥斯特騎士領地，景氣就會稍微變好一點。

「他們至今似乎都是在東部活動。」

「東部啊……」

聽說那裡是以前和布雷希洛德藩侯交惡的布洛瓦藩侯統率的地區。

克勞斯年輕時，應該也是在他們的紛爭中立下戰功。

「我沒去過東部呢。」

這麼說來，我好像沒和布洛瓦藩侯見過面。我本來以為過去住在王都時應該會有機會和他見面，但既然他和我的宗主布雷希洛德藩侯關係惡劣，應該不方便和我見面。

「再過不久，鮑麥斯特伯爵大人應該也會有機會過去那裡吧？那裡現在似乎有點混亂，所以還是先迴避一下比較好。」

「克勞斯，你還真是清楚呢。」

「這個鮑麥斯特騎士領地和外部的交流也增加了。好像是因為布洛瓦藩侯的身體欠安，而他的孩子們又在爭奪繼承人的位子。」

我本來還在想克勞斯為什麼會知道那種事情，但他好像提過這些冒險者是東部出身。

如果是從他們那裡聽說，那就算知道這些事也不奇怪。

「再加上他們分不到開發鮑麥斯特伯爵領地的利益，所以內部也累積了不少不滿。」

既然布洛瓦藩侯家和布雷希洛德藩侯家交情不好，那這也是無可奈何。

我也不會特地通融不熟的貴族家。

「鮑麥斯特伯爵大人，您認為內外都有不滿和問題的貴族，應該怎麼辦才好？」

不管關係再怎麼惡劣，畢竟還是同一個王國的貴族。既然不能發動戰爭，那應該是試圖改善關係吧？

「不過應該這麼做的布洛瓦藩侯正臥病在床。既然如此，一般應該要先立個代理人，但不巧的是，能充當代理人的繼承人還沒有定下來。」

既然沒辦法派代表，那就算交涉也沒意義。畢竟無法保證對方會遵守約定。

「那東部應該會暫時維持現狀吧。」

畢竟東部不可能明天就爆動或崩壞。景氣不好、無法決定繼承人和不斷累積不滿的狀況，應該都會持續維持下去。

等布洛瓦藩侯去世後，狀況或許會產生變動，但誰也不知道他何時會死。

「雖然大部分是如此，但還有另一個方法。」

「另一個方法？」

「是的，為了暫時轉移這些不滿，或為了從布雷希洛德藩侯大人那裡搶奪利益和特權……」

「而掀起紛爭嗎？」

刻意和南部起爭執，逼布雷希洛德藩侯為了解決紛爭而讓步。

而讓步的內容，應該就是開發未開發地的利益和特權。

「呃，可是……」

怎麼可能因為這點程度的事情就發起紛爭……我一面這麼想，一面轉移視線，然後發現之前那些冒險者的樣子看起來怪怪的。

他們明顯正在動搖。

「（伯爵大人！）」

布蘭塔克先生拍了一下我的肩膀。

艾爾、伊娜、露易絲、薇爾瑪和艾莉絲再次開始警戒，卡特琳娜也做好能隨時發動魔法的準備。

簡單來講，這些冒險者其實是布洛瓦藩侯家的人，為了替引發紛爭的事情做準備，他們甚至來到這個南方的偏遠地區進行後方擾亂的任務。

「克勞斯，你這傢伙……」

為什麼克勞斯要讓我們在這個沒有其他人在的新村落建設預定地和這些冒險者見面？

「鮑麥斯特伯爵大人，我完全沒有從布洛瓦藩侯家那裡得到任何好處。」

克勞斯這句話，讓冒險者們總算發現自己被克勞斯出賣了。

雖然他們慌張地拔劍……

「居然把麻煩事推給我們！」

「伯爵大人，被迫配合的我到底又算什麼？」

「從與其他貴族的糾紛展開的叛亂！雖然很符合貴族的風格，但實際被捲入後只覺得麻煩……」

雖然沒有事先商量，但我、布蘭塔克先生和卡特琳娜三人，都同時使出某個魔法。

那個魔法叫「區域震撼」。

這是有名的對人魔法，能夠用電擊麻痺對手，讓對手失去行動能力。

雖然會的人很多，但很難調整威力。

如果使用者是技術拙劣的魔法師，甚至可能害對手被電死。

不過這次一起用的人是老練的布蘭塔克先生和天才魔法師卡特琳娜。

我事先也有好好練習過，所以順利發動了調整過威力的「區域震撼」。

除了我們和克勞斯與華特等人所在的區域以外，其他假冒險者們所在的區域都遭到電擊，他們一瞬間就陷入麻痺，變得動彈不得。

「艾爾！」

「我知道！」

艾爾他們迅速從突然麻痺失去行動能力的假冒險者們身上，搶走他們的武器、防具和持有物品，再用繩子綁住他們。

華特他們也主動幫忙，所以逮捕作業幾分鐘就完成了。

「克勞斯，這些人的目的是什麼？」

「是的，他們打算在鮑麥斯特騎士領地製造叛亂，對後方進行擾亂，所以才偽裝成東部出身的冒險者。這樣即使帶著武器，也不會顯得不自然。」

「原來如此……」

要是克勞斯也參與他們的行動，鎮壓叛亂可能會變得很困難，但他不可能做出這種蠢事。

之所以把我們找來，應該是因為實施計畫的時間快到了，希望我們幫忙逮捕這些反叛者。

克勞斯認為光靠自己和鮑麥斯特騎士領地目前的兵力，應該無法鎮壓他們。

或是即使能夠鎮壓，也要付出不少犧牲，這樣將對鮑麥斯特騎士領地的開發和統治造成沉重的打擊。

「克勞斯，你好像也沒告訴赫爾曼哥哥。」

「雖然對此我也感到很抱歉，但一考慮到萬一被他們發現會造成什麼結果……」

我發現克勞斯還有另一個企圖。

發現這項叛亂計畫，並在爆發之前向我們報告的人是克勞斯，而協助我們的人是華特他們。

「如果實際發生叛亂，鎮壓起來應該會很費工夫。也可能會出現犧牲者。所以這次最大的功臣是克勞斯。」

在誇獎克勞斯的同時，我心裡的某處還是覺得無法釋懷。

「……叛亂未遂啊……」

由布洛瓦藩侯的家臣們引發的叛亂未遂事件，被順利地解決。

他們全都被解除武裝，現在正被赫爾曼哥哥召集的警備隊員監禁。

因為鮑麥斯特騎士領地沒有監獄，所以只能關在放農具的小屋。

赫爾曼哥哥在家裡的書房聽克勞斯報告狀況，但他的表情有點僵硬。

因為即使知道領地內即將發生叛亂，克勞斯依然沒有向身為領主的他報告，而是委託我們這些外人鎮壓。

考慮到戰力，克勞斯的作法才是最正確的。

尤其是這次雙方都沒有出現犧牲者。

但就結果而言，赫爾曼哥哥還是被徹底忽視，也難怪他會感到不悅。

在領民們當中，似乎也有很多人對克勞斯的作法感到不滿。

「沒有向領主大人報告，就直接拜託鮑麥斯特伯爵大人鎮壓，這點的確是我的失誤。所以我並不認為這是件功勞。」

雖然他說的話非常令人敬佩，但即使赫爾曼哥哥能夠接受，我也不能就這樣算了。

畢竟實際上他真的立下了功勞。

「伯爵大人，布洛瓦藩侯家諸侯軍好像有所行動了。」

當布蘭塔克先生一和布雷希洛德藩侯聯絡上，就獲知布洛瓦軍從東部向部分南部地區出兵的情報。

儘管不曉得對方的詳細目的和規模，但布雷希洛德藩侯似乎已經開始緊急徵召諸侯軍了。

「居然妨礙我們開發，真是一群令人困擾的傢伙……」

布雷希洛德藩侯似乎對布洛瓦藩侯家感到相當生氣。

「原來這一切的作戰都是息息相關……」

「不過他們為什麼要擾亂後方？」

「應該是害怕威德林大人會參與這場紛爭吧？」

艾莉絲回答露易絲的疑問。

只要讓後方陷入混亂，就不必擔心必須同時顧及開發的我們會參與紛爭。

「真會給人添麻煩……明明我們原本就沒有那個餘力。」

我分身乏術，而且我也不想同時開發領地和參與紛爭。

「先暫時不管那個。」

因為鮑麥斯特騎士領地無法處理叛亂失敗的俘虜，所以將由我們接手。

在追究布洛瓦藩侯家的責任時，他們將會成為決定性的證據。

問題在於給克勞斯的獎賞。

雖然從赫爾曼哥哥的角度來看，克勞斯是個脫離自己控制的誇張家臣，但就結果而言，他還是防止了叛亂。

對我來說，他是防止附庸領地發生叛亂的大功臣，所以必須賜予他獎賞。

「（克勞斯這傢伙……）」

雖然我忍不住如此低喃，但最令我生氣的，還是克勞斯早就預測到這些發展。

「不曉得引發叛亂的那些人，在知道被克勞斯騙了之後會怎麼想？」

「儘管生涯並不順遂，但我不可能會背叛並參加叛亂。畢竟我們是侍奉鮑麥斯特家的人。」

克勞斯說的鮑麥斯特家，究竟是赫爾曼哥哥的騎士爵家，還是我的伯爵家，這實在是很難判斷。

「我和亞瑟大人一樣，都是來日不多的人。我是為了減少年輕人的犧牲，才選擇祕密行動。就算有錯，也只要處分我一個人就夠了。希望各位大人能夠原諒協助我的華特他們。」

「「……」」

我和赫爾曼哥哥都無言以對。

這並非因為克勞斯為了偷偷阻止叛亂，而與華特他們一起行動。

也不是因為他主張責任全在自己身上，希望我們能夠只處分他這個年邁的老人。

而是他明明知道我們不能這麼做，還演了這場誇張的戲。

「（威爾，怎麼辦？）」

也難怪赫爾曼哥哥會困擾。

站在他的立場，他不能完全不處罰忽視自己直接拜託我鎮壓叛亂的克勞斯。

不過要是因此處罰克勞斯，又會變成處罰立功者，對領民和家臣們造成極大的動搖。

這樣或許會影響到將來的統治。

畢竟對新搬來的那些人來說，克勞斯是細心教導他們許多事情的好人。

「（真沒辦法……）」

雖然我實在不想這麼做，但終究還是下定決心。

「克勞斯，你沒向身為領主的鮑麥斯特卿報告這點果然還是不可原諒，請你離開鮑麥斯特騎士領地。」

……不行。

克勞斯對赫爾曼哥哥來說還是太難駕馭了。

因此我決定讓他的孫女艾格妮絲的丈夫諾伯特和科蘿娜的丈夫萊納留在鮑麥斯特騎士領地，讓兩人以名主的身分繼承克勞斯的位子。

因為是異母妹的丈夫，這樣赫爾曼哥哥也不必有所顧慮。

畢竟最大的問題人物是克勞斯，只要他不在就行了。

「至於華特和卡爾，我要你們來鮑麥斯特伯爵領地，擔任新村落的名主。」

雖然作為處罰，克勞斯必須離開鮑麥斯特騎士領地，但相對地他的孫女和孫女婿，都將成為村落的名主。

克勞斯原本是主村的一個名主。

現在名主的數量變成原本的四倍，所以算是獎賞。

「對於這份過度的獎賞，克勞斯感激不盡。」
反正原本就人手不足，只要讓羅德里希監視他們就行了。
我很想相信克勞斯的野心就只到這裡為止。
但與此同時，我又覺得似乎連這點都在克勞斯的意料之中，讓我感到有點難以釋懷。

隔天，一艘小型魔導飛行船來到鮑麥斯特伯爵領地，上面載了包含薇爾瑪的親生哥哥莫里茲在內的五十名士兵。
「我本來以為能在鎮壓叛亂時好好表現……」
「哥哥，威爾大人他們把大家都打倒了。」
「真是遺憾……主公大人，我們來收容俘虜了。」
即使對無法參與鎮壓叛亂的行動感到遺憾，莫里茲還是認真地帶走被我們逮捕的俘虜。
那些人在途中看見克勞斯時，都發出怨恨的聲音。
「你這傢伙！我們是因為相信你才把一切都告訴你！」
「居然利用別人的弱點！」
老練的克勞斯，應該是非常親切地傾聽他們說話，並表現得好像真的要參加叛亂一樣。
雖然這都要怪被騙的人自己不好，但我們同時也很同情被騙的他們。
因為我們同樣都是克勞斯的受害者。

「人生本來就會經歷很多事，我也是過來人，而且或許你們的前途將因此變得一片光明。」

「這怎麼可能！」

「下地獄去吧！」

我在心裡為那些邊大喊邊被莫里茲帶走的俘虜們祈禱。

「克勞斯，既然如此，我也只能一不做，二不休了。我那裡人手不足非常忙碌，我會付你薪水，你就工作到不能動為止吧。」

「雖然我的能力微薄，但會將這當成人生最後的工作全力以赴。」

克勞斯就這樣成了我臨時僱用的家臣。

雖然我知道他應該會好好工作，但一切都按照克勞斯的意思發展，還是讓我產生一股令人挫折的戰敗感。

中場二　某對父女的對話

「卡露拉，妳恨老夫嗎？」

「……」

我一語不發地持續照顧這個躺在床上，彷彿隨時都會死的老人。

因為這個老人是我的父親，同時也是赫爾穆特王國僅有三位的藩侯之一，要是忤逆他，會給母親和她的老家添麻煩。

父親，不對，這個老人在臨死之前，還是沒有決定繼承人。

統領一整個地區的藩侯，甚至足以和小國的國王匹敵，兩名兄弟就圍繞著那塊廣大的領地持續鬥爭。

他們每天都會來到這個老人的枕邊，主張自己才適合繼承當家之位，但老人至今仍未給出答案。

這應該是因為老人還擁有其他煩惱。

因為過去那些造成許多犧牲者的紛爭，而與老人關係交惡的布雷希洛德藩侯勢力最近不斷增強，但由這個老人擔任當家的布洛瓦家卻反倒開始逐漸衰退。

現在明明不是鬧繼承糾紛的時候，兩名兒子卻連這點都不懂。

不對，正因為如此，他們才想在優秀的當家領導下改善現況，而兩人都認為只有自己能辦到這件事。

「妳比老夫想得還要聰明。」

「明明把我和母親丟下不管超過十五年，再次見面後也還不到一年，居然能知道這種事。真不愧是布洛瓦藩侯。」

「從妳說話的方式就能看得出來，如果妳是男的該有多好。」

老人毫不在意我無禮的言論。

雖然要是他能把我趕出這棟房子當作懲罰，我反而會比較高興。

「老夫無法理解這場繼承糾紛為何會發展到出動軍隊，但老夫已經無力阻止，畢竟老夫或許明天就會撒手人寰。」

「為了解決內部紛爭而將注意力分散到外部，這是常有的事情。要是能順利透過調停搶到未開發地的特權，就能用這筆功勞主張自己才是繼承人……這也是常有的事情。」

「然而他們卻將軍隊交給家臣指揮。明明好歹也是想成為貴族的人，怎麼能不自己領軍呢……」

「兩位兄長應該是有什麼考量吧？」

其實應該只是擔心若這個老人突然去世時自己不在身邊，會被競爭者搶先宣布自己才是繼承人吧。

老人在聽了我的意見後「呵」地笑了一聲。

大概是發現這不是我的真心話吧。

「布洛瓦家沒落的危機嗎……卡露拉，老夫會扮演妳所認為的最差勁、可惡又缺德的貴族，直到最後一刻。」

「那是什麼意思？」

這個老人似乎又想為了自己的目的利用我。

「布雷希洛德藩侯勢力增長的原因，鮑麥斯特伯爵領地的開發特權，我們一定要設法分一杯羹。」

雖然我覺得這種事現實上應該是不可能發生。

首先，你現在已經重病到連從床上起身都辦不到了。

「還有妳在。」

「我嗎？」

「就讓妳暫時……不對，就讓妳永遠留在鮑麥斯特伯爵身邊吧。只要讓鮑麥斯特伯爵看上妳就行了。這個丈夫人選還不錯吧？」

……我的父親真的是個差勁透頂的人。

不過那樣總比一直留在這裡照顧這個老人好。

說我對鮑麥斯特伯爵大人沒興趣是騙人的。

反正無論如何，我都無法違抗這個老人的命令。

於是我開始進行長期外出的準備。

八男？別鬧了！

卡特琳娜·琳達·馮·威格爾

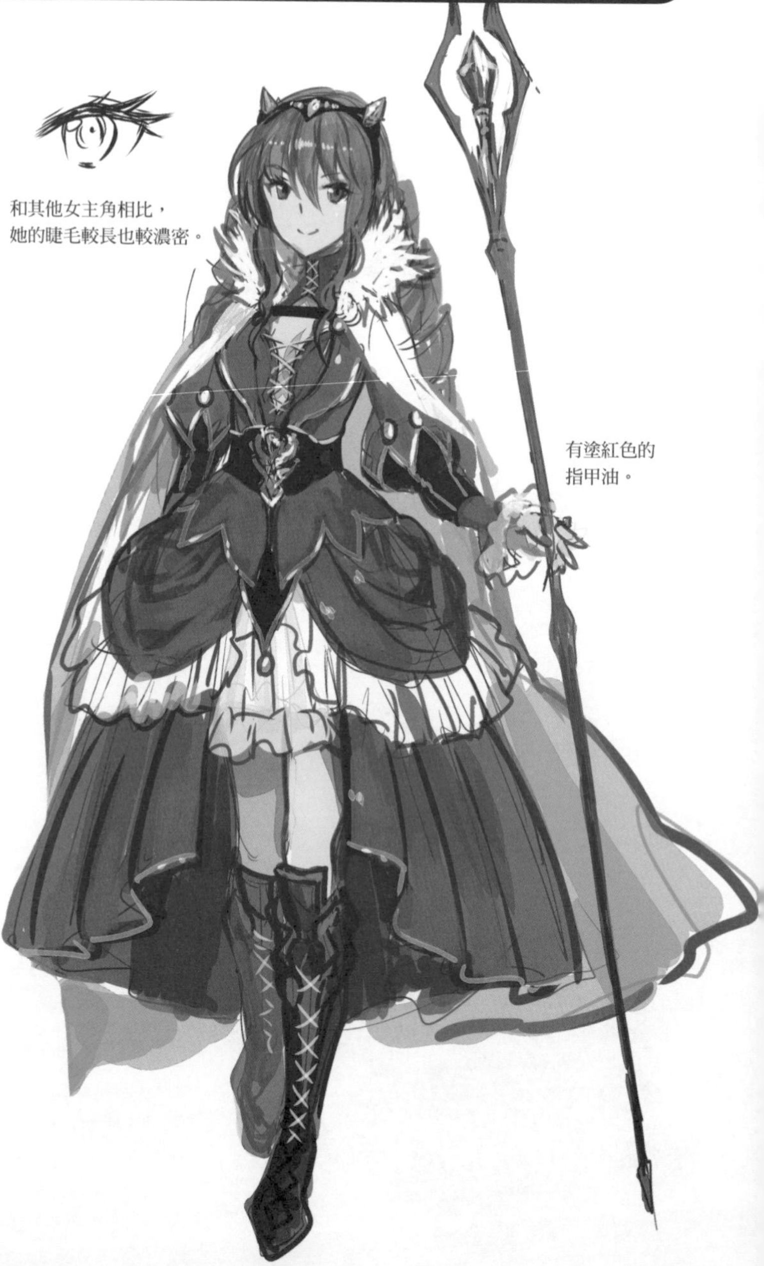

和其他女主角相比，
她的睫毛較長也較濃密。
有塗紅色的
指甲油。

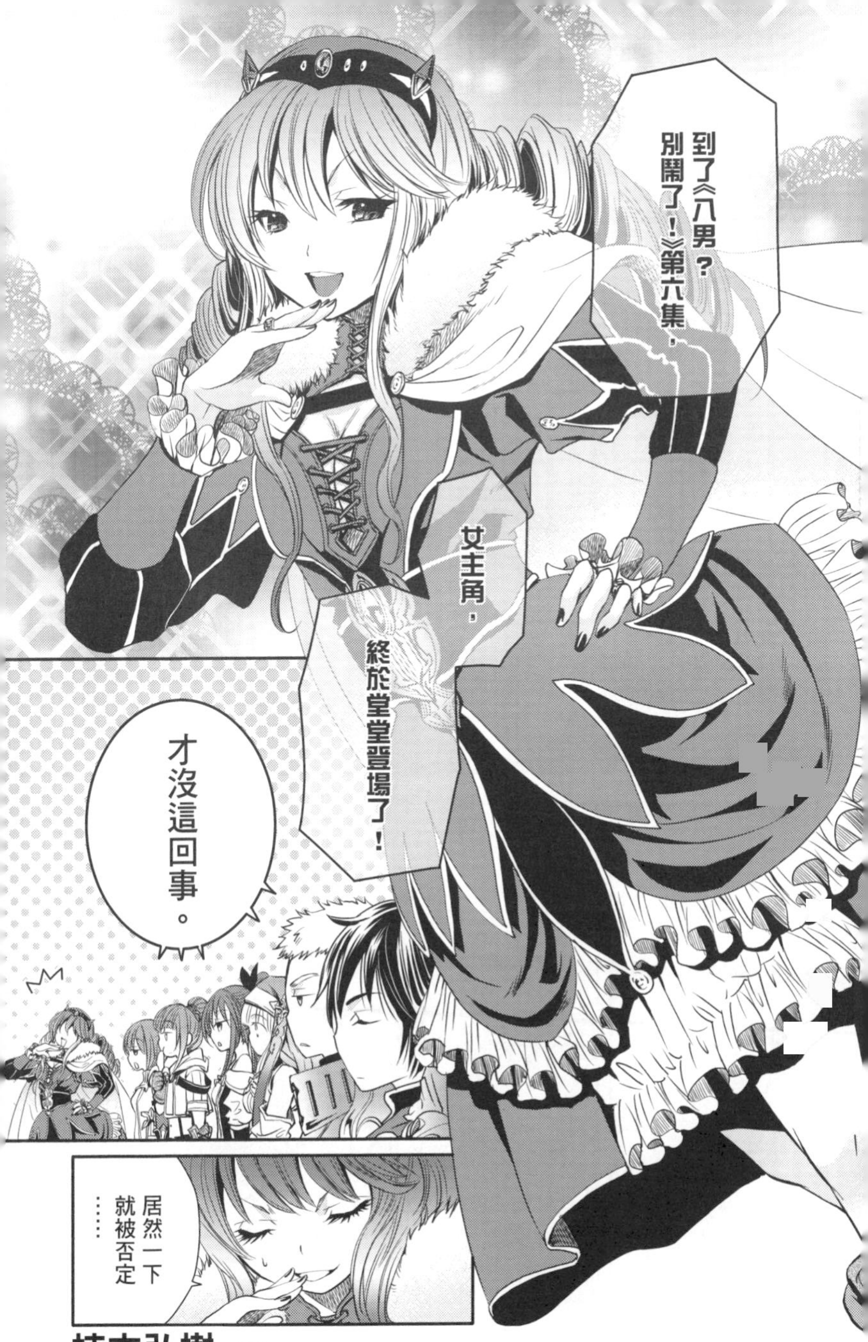
到了《八男？別鬧了！》第六集，
女主角，
終於堂堂登場了！
才沒這回事。
居然一下就被否定……

楠本弘樹 原作：Y.A

不過！
我才是具備最多女主角要素的人。
もっもっ
首先，
我很擅長魔法。
ばっ
威爾不是比較厲害嗎？
威德林大人不是男性嗎⋯
其次，
這個故事同時也是貴族社會的故事。
艾莉絲大人也是貴族。
不如說她的家世還比較顯赫。
モグモグ
唔！

然後最重要的是，
我這個與貴族相符的髮型！
每天都要花時間啊……
我每天都很認真在保養。
雖然艾莉絲也是如此，
不過在貴族女性中，也有很多人的髮型和卡特琳娜不同吧？
因為髮型是家風和個人的自由，
所以並非所有人都留像卡特琳娜小姐那樣的髮型。
對貴族來說，有一定程度的長度和維持頭髮的清潔比較重要。

女主角光環
只要滿足這些條件，剩下想怎樣都行…
好、好耀眼！
唔唔。
ぐすん
不過，
我覺得那個髮型很適合卡特琳娜。
那…
かあぁ，
那還用說！
呵呵呵呵喔
附記：漫畫版也請多多指教！

©2015 Kumanano

Kadokawa Light Novels

熊熊勇闖異世界 1 待續

Kadokawa Fantastic Novels

作者：くまなの　插畫：029

我不是在玩遊戲嗎？？為什麼是熊熊裝備？？？
算了，可愛無敵！最強熊熊女孩誕生！

家裡蹲資歷有三年的我，優奈在線上遊戲中回答問卷，沒想到卻被送到了異世界（大概吧）。而一開始穿在我身上的裝備竟然是「熊熊套裝」……這什麼鬼啊——！可是又強又方便，那好吧。打倒野狼、驅除哥布林，我就來當個最強的熊熊冒險者吧。

NT$230/HK$70

台灣角川

Kadokawa Light Novels

虹色異星人

Kadokawa Fantastic Novels

作者：入間人間　插畫：左

由《說謊的男孩與壞掉的女孩》搭檔攜手獻上，發生在地球上某處的小小星際交遊故事。

她若不是冷麵小偷，多半就是外星人了。接下來發生的，是在一個狹小的公寓房間裡與虹色異星人之間壯闊的第一類接觸——這個故事，早已從窗外、從外頭，從肚子裡開始。從太空來的彩虹，今天依舊溫暖。外星人和地球人都是這個宇宙的人。

台灣角川

NT$240/HK$75

©Hiro Ito 2015

Kadokawa Light Novels

女騎士小姐，我們去血拼吧！ 1~4 待續

Kadokawa Fantastic Novels

作者：伊藤ヒロ　插畫：霜月えいと

咦？平家鎮終於要蓋JUSCO了？
女騎士克勞不做騎士，要轉行當全職主婦？

　　獸人社長炸藥強尼終於得到在平家鎮蓋「大家所說的JUSCO」的許可了！被手舞足蹈的波公主帶去看建設預定地的麟一郎，竟看到地底下挖出了不得了的東西……此外女騎士克勞竟說不做騎士，要轉行當全職主婦？這下該不會連書名都要改了吧!?

各 NT$180/HK$55

台灣角川

Kadokawa Light Novels

成為魔導書作家吧！ 1 待續

Kadokawa Fantastic Novels

作者：岬 鷺宮　插畫：こちも

在這個「魔導書」開始普及的時代，危險又快樂的寫作生涯揭開序幕！

　　我是新進作家亞吉羅，得到「雷神魔導書大賞」的「大賞」！這麼一來，我也名正言順成為一名魔導書作家！本應如此。太過積極的美少女責編露比（前勇者）卻以採訪為名目，強行帶我四處奔走，不得不闖遍迷宮!?

台灣角川

NT$190/HK$58

Kadokawa Light Novels

29歲單身漢在異世界
想自由生活卻事與願違!? 1 待續

Kadokawa Fantastic Novels

作者：リュート　插畫：桑島黎音

網路人氣爆表的主角威能系小說！
獲得犯規能力，每場冒險都充滿LOVE LOVE危機！

　三葉大志是個將邁入三十歲的大叔，身材肥胖的約聘員工……這樣的他回過神時，卻身處在不管怎麼看都是奇幻世界城塞都市的地方。暫時先接受現況的他，決定利用可以說是犯規的能力，以冒險者的身分活下去。豈料同為冒險者的少女瑪爾竟投懷送抱……

台灣角川

NT$220/HK$68

為美好的世界獻上祝福！
曉なつめ
illustration 三嶋くろね
絶贊熱銷中!!
「你要不要去異世界？可以帶一樣喜歡的東西過去喔。」
「那……就妳吧。」
（廢柴）家裡蹲就此跟（沒用）女神轉生異世界去了……!?
即使組成一群問題勇者，還是要拯救這個美好世界！
廢柴系ww
最搞笑的異世界喜劇!!

為美好的世界獻上祝福！外傳
暁なつめ
為美好的世界獻上爆焰！
illustration 三嶋くろね
好評大熱賣!!
《為美好的世界獻上祝福！》惠惠視角的衍生外傳登場！
「——請妳教我剛才的魔法。」
在此即將揭開紅魔族首屈一指的天才魔法師惠惠
一日一爆裂的真相……！
小説家になろう
出自「成為小説家吧」網站

國家圖書館出版品預行編目(CIP)資料

八男?別鬧了! / Y.A作 ; 李文軒譯. -- 初版. -- 臺北市 : 臺灣角川, 2016.04-
冊 ; 公分
譯自 : 八男って、それはないでしょう!
ISBN 978-986-473-065-0(第4冊 : 平裝). --
ISBN 978-986-473-066-7(第5冊 : 平裝). --
ISBN 978-986-473-374-3(第6冊 : 平裝)

861.57 105003273

Kadokawa Fantastic Novels

八男？別鬧了！ 6

(原著名：八男って、それはないでしょう! 6)

2016年11月3日 初版第1刷發行

作　者：Y・A
插　畫：藤ちょこ
譯　者：李文軒

發行人：成田聖
總編輯：蔡佩芬
主　編：吳欣怡
文字編輯：黎夢萍
資深設計指導：黃珮君
美術設計：黃永漢
印　務：李明修（主任）、張加恩、黎宇凡、潘尚琪
發行所：台灣角川股份有限公司
地　址：105台北市光復北路11巷44號5樓
電　話：（02）2747-2433
傳　真：（02）2747-2558
網　址：http://www.kadokawa.com.tw
劃撥帳戶：台灣角川股份有限公司
劃撥帳號：19487412
法律顧問：寰瀛法律事務所
製　版：巨茂科技印刷有限公司
ISBN：978-986-473-374-3
香港代理：香港角川有限公司
地　址：香港新界葵涌興芳路223號
新都會廣場第2座17樓 1701-02A室
電　話：（852）3653-2888